U0142627

劇本／聲效的實務與技巧

徐進輝　著

五南圖書出版公司 印行

自序

　　本書的誕生，首先要感謝國立臺灣藝術大學廣播電視學系的謝祥釋、楊子萱同學及大樹下廣播電臺副臺長王瑞玲，多年來的協助與幫忙，更要感謝國立臺灣藝術大學廣播電視學系連淑錦老師、廖澾蒼老師與五南圖書出版公司陳念祖副總編輯的重視，才能讓本書如期出版。

　　廣播劇是藉由「聲音」這訊號，透過演員以戲劇的演播技巧來形塑人物個性、描繪場景狀態、推演劇情發展、呈現主題方向。換言之，就是將「聲音世界」中的聲音對白、音樂、音效三種元素透過藝術性的創意手法，創造聽覺的形象化，讓聽眾充滿想像力與聯想力，產生聞其聲如見其人、身臨其境的感覺，進而達到藝術享受的氛圍。所以，豐富的聲音對白演播是廣播劇的重要元素，也是它吸引人的魅力。因此，為了要讓演播人員能感受人物角色的性格、情緒與當時的情節動作狀態，對於角色動態描寫與情緒的提示甚至音樂的情緒點，本書都有詳細的說明。

　　本書特別收錄第 52、53 屆廣播金鐘獎，最佳廣播劇獎的劇本。其中包含了懸疑偵探、家庭倫理、科幻與歷史時代等。透過這 10 集的劇本內容與編排，期望讓讀者能夠「親歷劇中事」、「親臨劇中境」、「親感劇中情」。藉由聲效的巧妙運用，讓劇本產生「畫面」、「聲音」的感覺，讓人一閱讀這劇本，馬上就能夠感受到「畫面」與「聲音」躍然於紙上。

　　文無定法，故事的編排與創作亦是如此，本書希望能拋磚引玉，對正在學習廣播劇製作與後期音效製作的學生有所幫助。

徐進輝 2019.08.27
於臺灣藝術大學廣播電視學系研究室

目錄

II

奇幻之旅

劇情大綱／

　　在某個平常不過的下午，陸曉曦在李文浩的機器人收藏櫃中，意外了發現某個機器人身上的隱藏按鈕，開啟後才知道它竟是一個來自火星的外星人 Mars。Mars 道出了他的身世，他們三人也開始尋找 Mars 回家用的導航器，卻意外穿越回十五世紀的馬來西亞，見證了鄭和下西洋的景象，費盡千辛萬苦後終於找到了導航器，Mars 順利返家，李文浩和陸曉曦也回到了現實生活。

故事角色介紹／

角色	年齡	個性與背景
Mars（中）	無	淡定、無口系、沉著
李文浩（男）	22	自信、果斷、勇敢
陸曉曦（女）	22	聰明、伶俐、思想靈活

音樂備註／

一、　懸疑 suspense

二、　緊張刺激 tension

三、　單音低沈 drones

四、　氛圍 atmosphere

五、　夢幻 fantasy

六、　加諸情緒 emotional

七、　悲傷 sad

八、　神秘詭譎 quirky

幕次 1. 內景　文浩家　黃昏

△文浩撥弄機械小馬達聲

△翻書聲

△小馬達和機械運轉，在桌上翻騰

曉曦：（生氣）唉呀李文浩！你能不能安靜一點啊，小馬達的聲音真的很吵耶！

文浩：喂喂，陸曉曦，妳不覺得這種聲音很奇特嗎？

曉曦：（不耐煩）奇特？李文浩，我看你是耳朵有問題吧！

△文浩持續玩著機械

曉曦：（大喊）喂！李文浩！李文浩！你不要再玩了好不好！

文浩：（專心玩著機械）怎麼啦？曉曦，不要那麼大聲好不好，我耳朵很好的

曉曦：文浩，我看你房間裡放滿了機器人，你簡直就是個機器人收藏家耶

△放下手邊的機械

文浩：（欣喜）當然啦，我給你看這個……（夢幻）

奇幻之旅

△打開櫃子

文浩：這個限量版的機械模型，在市面上都已經絕版了

曉曦：哇……這麼厲害唷，欸？這個……（把機器人拿過來）這個機器人，怎麼看起來那麼舊啊？

文浩：這個啊……喔！（神秘兮兮）這個機器人我叫它阿奇，因為他的來路，可以說是……非常地奇特

曉曦：非常的……奇特？怎麼奇特，你倒說說看

文浩：　我五歲生日那年^{（夢幻）}，全家去馬來西亞的神山玩，這機器人是在神山的山腳下，一個老爺爺送給我的^{（加諸情緒）}

曉曦：啊？馬來西亞……老爺爺？嗯……還真的是挺奇特的，長的也蠻特別的……欸？這裡怎麼有一個圓的凹槽？

文浩：啊？曉曦，什麼圓的凹槽？

曉曦：這裡啊，你看，阿奇的胸口有一個凹洞，感覺好像少了什麼……（手滑機器人掉落）啊！糟糕！^{（夢幻）}

△阿奇掉在地上

曉曦：（虧欠狀）我手一滑，它就掉了……（撿起）……我看看有

奇幻之旅

沒有壞掉（翻轉阿奇）唉呀，手臂這裡的鐵片掉了⋯⋯

文浩：（接過阿奇）我看看，（翻轉阿奇）嗯？這裡好像有個按鈕？

（夢幻）

曉曦：（疑惑）有個按鈕？嗯⋯⋯真的耶，不然我按看看吧

△曉曦按下按鈕

△阿奇被啟動，發出很多機械聲

曉曦：（驚嚇）啊！阿奇，怎麼自己動起來了！

△阿奇在桌上轉動機械聲

阿奇：（斷斷續續）Ma--rs⋯⋯Ma--rs⋯⋯

曉曦：（驚嚇）啊！文浩，它⋯⋯它好像在說話！（神秘詭譎）這有

點恐怖耶

阿奇：（斷斷續續）Mars⋯⋯我的、名字⋯⋯

文浩：（驚嚇）Mars？曉曦，剛剛阿奇好像是說，它的名字

是⋯⋯Mars？

旁白：就在陸曉曦無意間啟動按鈕之後，李文浩這才知道，原來

這個從小陪伴他的阿奇，居然有個名字叫做 Mars，而且還是 Mars

親自告訴他們的

奇幻之旅

幕次 2. 內景　文浩家　黃昏

△機械聲

文浩：這真的太不可思議了，阿奇……不，應該說是 Mars，你居然會說話！

曉曦：對了，Mars，你胸口的凹洞，是怎麼回事呀？感覺好像缺了什麼東西？

Mars：凹槽，導航器

文浩：導航器？什麼導航器？

Mars：我來自……別的星球 ^{（懸疑）}

曉曦：（驚訝）別的星球？（思索）Mars……Mars 的中文意思是……

文浩：（恍然）啊！Mars，你難道是從火星來的嗎？

Mars：是的，我們來探勘地球、觀察人類……但是……

文浩：但是？但是什麼？Mars，你快說！

Mars：在探勘的過程中，我掉落了導航器

文浩：導航器不見了？所以……你就被困在這裡，回不了火星了？

Mars：是的

曉曦：原來是這樣……Mars，那你知道，你的導航器掉在哪裡嗎？

Mars：不知道，但我隱約記得，在我沒電之前，我的同伴跟我說

了一串編碼

文浩：（疑惑）一串……編碼？

Mars：2-1-9-1-0-2-2 ^(（懸疑）)

文浩：2-1-9-1-0-2-2 ？

旁白：Mars 說出了當年唯一的線索，於是李文浩、陸曉曦開始搜尋和這串編碼有關的任何可能，但是花了半天的時間，依然沒有找到任何有關編碼的蛛絲馬跡

幕次 3. 內景　文浩家　夜晚

△敲鍵盤聲

文浩：唉……怎麼辦，曉曦，怎麼找都找不到任何的線索……

曉曦：（打哈欠）好睏啊……已經晚上十一點多了……

文浩：（思索）2191022 ^(（氛圍）)……我一開始還以為是二月十九號跟十月二十二號，所以我就把這兩天的新聞資料都調出來看，可是完全沒有跟外星人有關的資訊啊

Mars：219、1022……度數

曉曦：度數……對耶，我都沒有想到，難道是日出方位角的度數？我來查查日晷……

文浩：（喃喃自語）日出……方位？（恍然）啊！我找到答案了！

奇幻之旅

（自言自語）（一邊敲鍵盤）唉，我怎麼這麼笨，一開始居然沒想到

曉曦：唉呀！到底是什麼，文浩你快說啊！

文浩：曉曦，答案就是這個！你看，（按 Enter 鍵）經－緯－度！

曉曦：（驚訝）經緯度？

文浩：沒錯。你看，我們都只注意在數字上，卻忘記它可能省略了一些資訊，如果套到經緯度上面，也就是北緯 2.19 度、東經 102.2 度，那麼它在地圖上的座標……也就是這個位置

△敲鍵盤聲（按 Enter 鍵）

曉曦：這裡是……麻六甲？啊！這裡不就是馬來西亞嗎！^{（氛圍）}

文浩：沒錯，這正是當初那個老爺爺把 Mars 送給我的地方

曉曦：（恍然）喔，這麼說就合理了，那代表導航器應該是遺落在那附近

文浩：看來……這兩個數字是代表經緯度，應該錯不了，只是……馬來西亞這麼遠，我們總不可能買機票飛過去找吧？

Mars：直接帶你們過去、直接帶你們過去^{（氛圍）}

曉曦：（驚訝）Mars？你剛剛是說，直接帶我們去……馬來西亞？

△轉動機械聲

奇幻之旅

Mars：透過引力……空間摺疊，進行時空穿越

文浩：（疑惑） 空間摺疊？穿越時空，那是什麼東西？

Mars：這是我們空間移動的科技……

文浩：好吧，那 Mars，我們什麼時候進行時空穿越呢？

Mars： 219、1022……

曉曦：Mars，這不是經緯度的座標嗎？

文浩：（驚訝）難道這編碼，也是一個時間代碼？^{（懸疑）}

Mars：沒錯，是穿越空間的時間點

曉曦：Mars，你的意思是說，我們時空穿越的時間點，要在兩點十九分，或是十點二十二分嗎？

Mars：是的，四小時電力……原地返回……

文浩：我懂了，Mars 的意思是，它的電力只能維持四小時，所以我們要在有限的時間內，再返回這個座標穿越回來，不然……就會被困在那裡

旁白：經過一番的推論，李文浩和陸曉曦終於找到了編碼所指的意思，最後，他們決定在隔天的早上十點二十二分，進行時空穿越到那個神祕的座標

△機械啟動聲
△按手錶

奇幻之旅

△語音：早上十點二十一分

文浩：對時一下，十點二十一分……好，我的手錶調好時間了

曉曦：嗯，我的手錶也對好了

Mars：文浩、曉曦，握著我的手……

△穿越時空啟動中

Mars：啟動倒數，五 、 四 、 三 、 二、 一

△進行穿越

幕次 4. 外景　麻六甲叢林　夜晚

△蝙蝠聲

△山洞滴水聲

△山洞 Echo 聲

曉曦：（害怕）啊……這是哪裡啊？這裡好黑，什麼都看不見……
（大喊）文浩！Mars！你們在哪裡啊！（停頓）李文浩！李文
浩……

文浩：（頭昏沉）曉曦？曉曦……你在哪裡？

曉曦：（顫抖）文浩……這裡好暗……我看不到你在哪？

文浩：（往曉曦靠近）曉曦、曉曦！我碰到你了，我在這裡

曉曦：啊！文浩！

文浩：Mars……Mars！你在哪裡？

△機械聲音

曉曦：那是 Mars 的聲音……它應該在左前方！

△文浩摸索地面

文浩：Mars！（抓到 Mars）Mars，你沒事吧？

Mars：我沒事

曉曦：文浩，這裡怎麼這麼黑，什麼都看不到

文浩：這裡的回音這麼大，我猜我們應該是山洞裡面

曉曦：啊，我看到右前方向有光線，我們往那邊走吧（神秘詭譎）

文浩：Mars 我抱著你吧，這樣走得比較快

△兩人在山洞裡走

奇幻之旅

文浩：曉曦，慢慢走，地上有水，小心別被石頭絆倒了

△曉曦踩到水灘

曉曦：（驚嚇）啊！

△一群蝙蝠飛起

曉曦：什麼東西！嚇死我了

文浩：（安撫）沒事的，只是蝙蝠而已！

△走出山洞
△叢林環境音

曉曦：呼……終於出來了

文浩：原來我們剛才看到的是月光……

曉曦：（沮喪）唉喲！出了山洞，竟還是在黑漆漆的叢林裡面

文浩：（困惑）奇怪，我記得地圖座標上寫著，這裡應該是馬來西

亞的麻六甲市呀？可是我們怎麼是在一片叢林裡啊？

曉曦：（推測）難道是……我們的定位有偏差？

Mars：（機械音）219、1022……座－標－正－確

文浩：（疑惑）是嗎？這就奇怪了……

曉曦：文浩，我知道原因了

文浩：（疑惑）你知道原因了？

曉曦：（神秘）嗯，我在想，我們穿越的不只是空間^{（神秘詭譎）}，同時也傳越時間回到過去了

文浩：（驚訝） 回到過去了？

旁白：李文浩這才明白，原來他們並不只是穿越時空到馬來西亞，更是回到了過去。在這個人生地不熟的地方，他們一邊找尋走出叢林的路，一邊猜測著他們現在身處的年代

幕次 5. 外景　麻六甲叢林　夜晚

△叢林環境音

曉曦：呼……終於走出那片黑壓壓的叢林了

文浩：哇，曉曦妳看，這紅磚白牆，還有屋脊上的雕飾……

曉曦：嗯，這是典型的中國式建築^{（氛圍）}，（遠方）喂，你們看，那邊有石牆跟石板磚，肯定就是城門的入口

△Mars 感應到導航器的位置

奇幻之旅

Mars：（怪異）港口、碼頭⋯⋯

文浩：Mars，你在說什麼？

曉曦：Mars，你是說，你的導航器在港口？^{（神秘詭譎）}

旁白：就在李文浩一行人走出叢林來到一個古鎮的時候，Mars 感應到了導航器的訊號，於是他們跟著 Mars 的指引來到了海邊的一個小港口，當李文浩和陸曉曦抵達港口的時候，眼前的景象，讓他們整個人愣住了

幕次 6. 外景　港口　夜晚

△港口環境音

△Mars 感應器滋滋作響

Mars：（斷斷續續）就是⋯⋯這裡了⋯⋯

曉曦：（緊張）　Mars 你怎麼了？你的聲音怎麼怪怪的？

△Mars 機械滋滋聲

曉曦：咦？（按按鍵）

△報時：5 點 28 分

曉曦：啊，我們也過來三個多小時了，得掌握好穿越回去的時間才行

文浩：曉曦，你看！那邊停了好多艘船！

曉曦：我的天……好大的船……這每一艘上面至少都能容納三四百人吧……

文浩：你看船上掛的旗幟！

曉曦：旗幟？紅底黑框……文浩，旗子上面寫的是什麼字？我看不太清楚

文浩：上面寫的是明，明天的明

曉曦：（思索）明？……明？（恍然）啊！是大明王朝^{（氛圍）}？文浩，難道我們穿越到十五世紀了？

文浩：你說的沒錯，而且我猜這些船，應該就是明朝最有名的歷史事件

曉曦：歷史事件……明朝、船……文浩，你該不會是想說，鄭和……下西洋？

文浩：沒錯，就是鄭和下西洋。在明成祖統治期間，也就是永樂三年，鄭和他們實踐了第一次下西洋的行動，當時馬六甲市就是其中一個停靠點

曉曦：我想起來了，那時候這邊叫做 Melaka 國，也就是馬六甲王朝

奇幻之旅

文浩：那時候鄭和來到這邊，賜這裡的國王雙臺銀印，冠帶袍服，還建碑封域，就像是封藩屬國的概念，那個時候也開啟了兩國的貿易往來

曉曦：真是不可思議……那些停靠在港口的大船，如果照明朝記載的話，應該就是鄭和下西洋建造的中國寶船吧？（不安）不過文浩……我記得那時候，這個區域也有一些土著的動亂，對了，還有海盜！我們該不會那麼倒楣碰到吧！

文浩：應該不會吧，曉曦，你不要烏鴉嘴喔……

△遠方船開砲（氛圍）

曉曦：（驚嚇）啊！文浩！那是什麼聲音！

士兵：有蠻人入侵營地！快保護糧草！

文浩：（驚嚇）糟糕！還真的被你說中了！曉曦、Mars，趕快找掩護的地方！

△烽火連天

△群眾慘叫

旁白：文浩和曉曦回到了十五世紀鄭和下西洋的年代，卻萬萬沒想到，自己竟然也身陷在當時的戰爭烽火中，他們見到士兵和土

著互相殘殺，不禁心生恐懼，連忙按著原路回到原本的山洞，草草結束了這趟穿越之旅

幕次 7. 內景　文浩家　白天

△時空穿越效果

曉曦：（喘氣）還好我們穿越時空回來了⋯⋯那場戰爭真是嚇死人！

文浩：是啊！不然就要困在十五世紀的大明王朝了嗯？（機械聲）啊，Mars 果然沒電了，我來幫它充充電⋯⋯

△擺弄機械聲

文浩：這個、這樣子接⋯⋯嗯？不對⋯⋯這樣⋯⋯啊！可以了

△充電訊號聲

曉曦：文浩，我們有必要把今天所獲得的資訊彙整一下

文浩：嗯，我先用關鍵字在電腦上找找看。我想想⋯⋯（喃喃自語）^{（氛圍）}十五世紀⋯⋯鄭和下西洋⋯⋯麻六甲作為停靠點⋯⋯

曉曦：我記得 Mars 說，他的導航器在那個港口附近，（思索）導

航器、航海⋯⋯

文浩：嗯⋯⋯我來查查看（邊打字邊說話）導航器、航海⋯⋯搜尋

△按 Enter 鍵

△語音：過洋牽星術

曉曦：（疑惑）過洋⋯⋯牽星術？這是什麼東西啊

文浩：我再查查看（打字）過－洋－牽－星－術

△語音：過洋牽星術，是一種經由觀測星象，作為船隻導航的古代航海法

曉曦：文浩，你看，這裡寫「過洋牽星術」的基本工具，是一個叫做「牽星板」的東西

文浩：我查查看「牽星板」長什麼樣子

△敲鍵盤聲

△語音：牽星板使用十二塊方形烏木板，牽星板的使用方法⋯⋯（文浩切掉）

文浩：（果斷）不對

曉曦：（思索）十二塊方形烏木板……？

文浩：嗯？方、形……？（恍然）哈，這就對了！曉曦，你還記
得 Mars 胸口的凹洞嗎？

曉曦：（疑惑）胸口的凹洞……我記得是圓形的，怎麼了嗎？

△敲鍵盤聲

文浩：圓形^{（氛圍）}、航海、導航器，這些線索，講的就是一個東西！
那就是在海上用來指示方向的「羅盤」！

曉曦：（驚奇）羅盤……對啊，我怎麼沒想到！

文浩：現在我們要做的，就是等到適當的時機再穿越過去麻六甲，
找到那個羅盤，肯定就能啟動 Mars 的導航器了！

旁白：兩人經過了一番討論與推演之後，再次透過 Mars 的時空穿
越的移動能力，回到了十五世紀的馬來西亞

幕次 8. 外景　港口　夜晚

△時空穿越效果

△夜晚港埠

奇幻之旅

曉曦：好黑喔……半夜兩點多穿越過來，只有月光，都看不太到路……

文浩：（瞇眼）這裡是……啊，這是前一次我們來到的港口邊

△機械感應聲

Mars：導航器、在最大的船上……

文浩：最大的船……啊，我看到了，不過那艘船的入口有士兵駐守，我們該怎麼溜進去呢？

曉曦：文浩，我想，他們過一段時間之後肯定會換班，等到他們換班的時候，就是我們潛入的最好時機 ^{（神秘詭譎）}

旁白：在經歷砲火襲擊之後的港口，寧靜的夜晚顯得特別詭譎不安，文浩和陸曉曦雖然害怕恐懼，卻仍屏氣凝神地躲在大船旁邊，緊盯著駐守士兵，隨時準備伺機而動

幕次 9. 外景　港口　夜晚
△夜晚港埠

士兵乙：將軍有吩咐，近日蠻民騷動頻繁、沿岸海盜猖獗，務必嚴加看管船隻安危

奇幻之旅

士兵甲：知道了！

文浩：（心虛）嚴加看管……曉曦，我們是不是選錯時機過來了啊？

曉曦：（尷尬）我也不知道……總之得想個辦法……

Mars：我有辦法……（機械音）

△電波聲音，遠處小型爆炸

士兵乙：（警覺）怎麼回事！為何一聲巨響？

士兵甲：（驚恐）遠方……啊！遠方有一團火光！

（遠方居民吶喊：失火啦！失火啦！快來救火啊！救命啊！失火啦！快來人滅火啊！）

士兵乙：（激動）不好！一定是海盜趁夜襲擊！

△士兵們跑走

文浩：就是現在！曉曦、Mars，我們趕快上船！

幕次 10. 外景　大船　夜晚

△三人奔上甲板 （單音低沈）

奇幻之旅

文浩：（喘氣）Ma、Mars⋯⋯你趕快感應一下「導航器」在哪裡？

Mars：（電腦運作聲）在這個區域裡

曉曦：在這個區域裡？我們就地毯式搜索看看吧？看羅盤是放置在哪個船艙裡面

文浩：（不安）這可不行，曉曦，我們這樣沒有頭緒地亂走是很危險的⋯⋯（打斷）

△曉曦踢倒東西

△遠方士兵聽到聲音

士兵丙：是誰！是誰在那邊說話！　　（單音低沈）

△士兵跑過來

文浩：（驚恐）糟糕！被船上士兵發現了！

曉曦：（不知所措）怎麼會這樣！文浩，現在怎麼辦？

文浩：（氣急敗壞）還能怎麼辦！走，趕快先躲到下面的船艙裡！

△匆忙進入船艙

曉曦：（著急）文浩！我們這樣⋯⋯嗚！（被文浩摀住嘴）

文浩：（低聲）別說話！有人下來了！

士兵丙：（走進船艙裡）是誰！是誰在那邊說話！

△翻箱倒櫃聲

士兵丙：人呢？難道是我聽錯了？真是奇怪了……明明聽到有說話的聲音啊

△士兵遠去

曉曦：（掙扎）嗚、嗚……文浩……你放開我……我快不能呼吸了……（大口喘氣）

文浩：（壓低音量）陸曉曦，你看你，還說船上沒人！

曉曦：唉唷好嘛……欸？這裡好像有間船艙室？

文浩：打開看看

△曉曦推開船艙室門

文浩：哇 ！這船艙室好多儀器喔……

曉曦：（翻找桌上東西）咦！這個……這個應該是航海地圖吧？

文浩：（驚訝）航海地圖？嗯，看來應該是鄭和在航行海洋大陸過

奇幻之旅

程中繪製下來的

曉曦：文浩，這裡還有一本看起來像航海日誌的冊子……也就是說，這邊可能是船長室囉？

文浩：船長室？這麼說的話，羅盤應該就在這附近了！我們找找看！^{（氛圍）}

△兩人翻箱倒櫃

文浩：（著急）奇怪？怎麼就找不到呢？羅盤不是通常都放在桌上嗎？

曉曦：（驚喜）文浩，你快過來看看，這裡有一個小鐵盒！

文浩：（急切）我看看……可惡，居然上鎖了！

△拉扯古鎖

△遠方士兵趕來

曉曦：（害怕）文浩……你有沒有聽到……什麼聲音？^{（單音低沈）}

文浩：（喃喃自語）文字組合鎖……我看看……

曉曦：（急促）文浩……你到底有沒有在聽我說話？

文浩：（轉動鎖軸）永……盛……世……

Mars：危險……有危險……

文浩：永樂盛世！（鎖喀擦開了）果然是永樂盛世！我就知道，

這種小小機械鎖，怎麼可能難倒我呢？

曉曦：我看看……到底裡面裝什麼，啊！（驚喜）果然是羅盤！

Mars：羅盤……安裝……羅盤……安裝……

文浩：好，Mars，我來幫你裝上

△羅盤安裝機關聲

Mars：啟動飛行裝置……（轟隆聲）

曉曦：太好了，這樣 Mars 就能——

△士兵破門而入

將軍：你們是誰？竟敢擅自登上寶船！

曉曦：（嚇呆）啊！我們、我們沒有……

△一聲巨響

△飛行器從水底冒出

△船劇烈震動

曉曦：（驚恐）船搖晃的好厲害！文浩，怎麼會這樣？

奇幻之旅

△士兵甲衝進艙室報告

士兵甲：（嚇呆）稟報將軍！不好了！我們的船底下有不明物體在上升，快把船頂起來了，船體快翻覆了！

將軍：（氣急敗壞）到底怎麼回事！（略思索）全部士兵聽令，現在馬上撤離！

△士兵撤離
△船體持續崩毀

文浩：（驚恐）Mars！這到底發生什麼事了？

曉曦：快想想辦法！這艘船快要沉了！

Mars：啟動飛行器……可以回家了！

文浩：（疑惑）回家……？（驚恐）不是，Mars，你得先把我們穿越回去啊！你要是走了，我和曉曦就要被困在十五世紀了！

Mars：啟動飛行裝置……可以回家了！

曉曦：水……（淹進水裡）啊！我不會游泳……救命啊！

文浩：Mars！送我們回去啊！Mars，你別走……（淹進水裡）

幕次 11. 內景　文浩家　白天

△時空穿越效果

△鬧鐘聲

文浩：（說夢話、不安）Mars……送我們回去……Mars……（驚醒）Mars！（喘氣）

文浩：（喃喃自語、餘悸猶存）這裡是……我房間？我怎麼回來了？我不是在船上嗎？（坐起身）欸？曉曦呢？陸曉曦！陸……

△曉曦醒來

文浩：（神經質）曉曦，你沒事吧？

曉曦：（剛睡醒）嗚……（打哈欠）我怎麼睡著了？（覺得莫名其妙）文浩，你幹嘛啊？一臉緊張兮兮的樣子

文浩：（OS）不對……^{（懸疑）}曉曦的頭髮是乾的……我的頭髮也是乾的，這到底怎麼回事？難道這一切都是我的夢嗎？（突然想到）啊！對了！

△文浩跑到機器人櫥櫃拿出阿奇

文浩：（喃喃自語）不對啊……阿奇……不，是 Mars……他也還在

奇幻之旅

這裡……

曉曦：這個機器人好舊喔，看起來年代很久遠了耶

文浩：（猶豫）曉曦，你……不認識它了嗎？

曉曦：（疑惑）啊？認識它（翻動阿奇）哇！它的胸口！文浩，你

看他的胸口，居然嵌著一個羅盤耶^{（加諸情緒）}！而且這個羅盤，是

仿明朝的那種水羅盤吧？

文浩：看著曉曦陌生的把玩著阿奇，好像我們發生過的這一切都

只是一場夢，只是阿奇胸口的羅盤，卻又讓我想起我們三人一起

經歷的種種……我想，無論這一趟穿越旅程是真是假，我能夠確

定的，就是這趟奇幻之旅，將會永遠留存在我心中

＝＝＝＝＝＝＝＝＝＝本集劇終＝＝＝＝＝＝＝＝＝＝

遲來的幸福

劇情大綱／

　　張翰自從二十年前老伴過世後，獨自一人將兩個子女拉拔長大，在兒女離巢獨立之後，將近六十的張翰逐漸感到有些孤單，直到認識了相似背景的劉素華，兩人相互扶持了六年之久，卻在一個除夕夜裡，張翰將這件事告訴兒女，卻沒想到得來子女激烈的反彈。張翰在沮喪中決定離家轉換心情，爾後其兒女才逐漸明白自己的自私，最後全家再次團聚，只是劉素華卻早已選擇默默離開。

故事角色介紹／

角色	年齡	個性與背景
張翰（男）	65	早年喪偶，內心堅強說話溫和，不善表達內心話
劉素華（女）	53	張翰的老相好，早年喪偶，心思細膩成熟、思慮周到
張義傑（男）	35	張翰的兒子，在順益製麵廠工作，為人坦率，直腸子，孝順
張敏（女）	33	張翰的女兒，在順益製麵廠工作，為人貼心善良，孝順
老楊（男）	65	張翰的故友，退休老榮民，為人重義氣、對人生的態度豁達開放

音樂備註／

一、 懸疑 suspense	五、 夢幻 fantasy
二、 緊張刺激 tension	六、 加諸情緒 emotional
三、 單音低沈 drones	七、 悲傷 sad
四、 氛圍 atmosphere	八、 神秘詭譎 quirky

幕次 1. 內景　順益製麵廠　黃昏

△製麵機聲

△新年時的新聞播報聲

△電話聲響起

張敏：哥，電話！幫忙接一下！

義傑：張敏，電話就在妳旁邊，你就不能自己接嘛！

張敏：（不耐煩）哥，我正在搗麵粉，現在走不開，你就幫忙一下！

義傑：（急躁）（自言自語）唉呦，又是哪個客戶打來催貨啊，都已經盡量在趕了！（接電話）喂！順益製麵廠！

張翰：義傑啊，你和張敏還要忙到什麼時候啊？

義傑：喔，是爸啊，怎麼啦？有什麼事嗎？

張翰：（難為情）呃……就是，義傑啊，我有一些事想跟你們說……

義傑：（不耐煩）唉呀，爸，你有什麼事我們回家再說，我這邊趕著六點之前出貨呢！

張翰：（無奈）喔……好吧，那義傑你先忙，回來我再跟你說吧！

義傑：（不耐煩）好啦！好啦！爸，那我們先忙，回去再說啊！

遲來的幸福

△義傑掛上電話

義傑：（自言自語）真是的^{（加諸情緒）}，大過年的這麼忙，還打電話過來說一些沒用的，煩死了……（淡出）

張敏：（OS）這個故事要從一個叫張翰的人說起。張翰是我的父親，同時也是順益製麵廠的老闆，自從他將製麵廠交給哥哥和我經營之後，爸爸就經常一個人在家，而我們卻總是要忙到深夜，就連除夕夜也不例外

幕次 2. 內景　張翰家　夜晚

△張翰看電視劇（還珠格格：我們永遠不分離……）
△張家二人回家進門

張敏：爸，我們回來了！你吃飯了沒啊？
張翰：還沒呢，這不是等你們回來一起吃團圓飯嘛
義傑：（邊說邊脫外套）對了！爸，你今天傍晚打電話過來，是有什麼要緊的事嗎？
張翰：（稍作思索）義傑啊！是這樣的……（難為情）啊唷，其實也沒什麼事啦！

△還珠格格背景聲帶出「我們要在一起……」

張敏：爸，你一個大男人的，你怎麼在看這種電視劇啊？
張翰：（尷尬）喔喔……

義傑：爸，那我先把電視關掉……

張翰：（難為情）咳……那個，張敏、義傑，你們知道我參加登山社的……那個劉素華嗎？

張敏：劉素華？（思索）是我們上次去爬山的時候，遇到的那個劉阿姨嗎？

張翰：對對對，就是她

張敏：啊～劉阿姨人很好呀，是位很親切的長輩。怎麼啦爸，你突然提起劉阿姨做什麼？

張翰：沒有啦……就是……

張敏：（緊張）怎麼啦？啊！難道劉阿姨她……

張翰：唉呀不是，張敏，你別亂想，人家劉阿姨好好的

張敏：欸對了爸，上次去爬山，怎麼沒看到劉阿姨她先生啊？

張翰：她的先生啊，聽說好像蠻早之前就過世了

張敏：這樣啊……對了爸，那你提起劉阿姨到底是要說什麼啊？

張翰：就是，我其實覺得她人很不錯，相處起來也……（打斷）

義傑：（警覺）停！停！停！爸，難不成你已經……

張敏：（吃驚倒吸氣）你……你愛上劉阿姨了^{（加諸情緒）}？

張翰：（吞吐）我、我就是想說……你們都長大離家了，我……我想找個伴……（打斷）

義傑：（詫異）什麼？（嚴肅）爸，你不要被愛沖昏頭，我告訴你，這件事我是絕對不會同意的！

△義傑憤而離去

遲來的幸福

張敏：（OS）自從我的母親在二十年前過世之後，我爸就一個人拉拔我和哥哥長大成人，直到在登山社認識了劉阿姨，同樣早年失去老伴的兩人，在生活上有了共鳴和依靠，就這樣互相扶持了六年，可當爸爸今天突然提出要和劉阿姨結婚的事情，我們倆子女的反應，讓他非常的沮喪與難受

幕次 4. 外景　街道　夜晚

△路邊車水馬龍

張敏：（OS）爸，難道你已經……

△路邊車聲／感性音樂

義傑：（OS）爸，我告訴你，這件事我是絕對不會同意的！

張翰：（OS）難道，我這樣子做錯了嗎？

張翰：（喃喃自語、思念）唉，不曉得素華現在在做什麼……

△張翰在路邊打電話給劉素華

△無人接聽進入語音信箱

張翰：（失落）欸……？素華……素華怎麼不接電話呢？

△張翰再撥一次留言

張翰：（失落）素華，我是張翰，我有件事想跟妳說、就是……（嘆氣）還是算了，不說了，妳早點休息吧

幕次 5. 內景　劉素華家　白天

△劉素華唱歌

△簡訊聲

素華：（唱歌中斷）咦？一個簡訊留言？這個時候怎麼會有簡訊？
會是誰啊，（按鍵聲）嗯？是張翰？

△劉素華開啟留言，留言播放

△張翰：素華，我是張翰，我有件事想跟妳說、就是……還是算了，
不說了，妳早點休息吧

素華：（疑惑）張翰這是怎麼啦^{（悲傷）}？說話沒頭沒尾的……而且
還是昨天晚上十二點留言……啊？會不會是發生什麼事啦？不
行，我得打過去問問……唉，張翰也真是的，都這麼大的一個人
了還讓人瞎操心……

△劉素華打電話

△電話接通聲

素華：（焦急）喂？張翰？

張翰：素華？

素華：（擔心）張翰，你昨天那麼晚打電話給我，還說的不清不楚

的，到底發生什麼事了？

張翰：（沮喪）素華，其實也沒什麼事……

△救護車聲

素華：（緊張）張翰，你那邊……怎麼有救護車的聲音啊？

張翰：喔……因為我現在在醫院這邊

素華：（緊張擔心）醫院^{（氛圍）}？張翰，你到底怎麼了？

張翰：我沒事，就是有點不舒服

素華：不舒服？怎麼了，張翰，不會是你心臟的老毛病又犯了吧？

張翰：（安撫）素華，真的沒事，你不用擔心，我請醫生檢查一下就好了

素華：（著急）不不，你在醫院那邊等我啊，我馬上就過去找你

幕次 6. 內景　醫院　白天

△醫院環境音

素華：（從遠方走來）張翰、張翰？張翰！原來你在這裡啊！我剛還跑到門診找你，護士說你剛離開

張翰：（沮喪）素華……

素華：（擔心）張翰，到底怎麼了？說話吞吞吐吐的

張翰：素華，真的沒事，我只是……心情不太好

素華：（不耐煩）你心情不太好？張翰，到底發生什麼事了？

張翰：素華，我昨天跟義傑和張敏提起我們的事^{（加諸情緒）}，他

們……不太同意

素華：（沮喪）你的意思是，你的兒女不同意我們……

△時空凝結感

小女孩：（大哭）哇……

路人媽：安靜！不要哭了！你再這樣就把你丟在這裡！

小女孩：（持續哭）不要、媽媽不要……不要……

路人媽：不要再哭了！再哭媽媽就不要你了！

△醫院聲音持續

幕次 7. 內景　張翰家　黃昏

△張翰回到家

△留言機聲音，張翰過去點開

張翰：欸？有留言？唉，八成又是義傑和張敏不回來吃飯了

張敏：（留言機聲音）　爸，今天我跟義傑要加班，冰箱裏面有豬

腳，電鍋也還有飯，晚上你就把菜熱起來吃，我們不回家吃飯了

△留言機聲音

素華：（留言機聲音）張翰^{（氛圍）}，今天下午你在醫院跟我說的事

情，我後來想想，其實義傑、張敏他們說的也有道理，或許我們

遲來的幸福

當初在一起就是個錯誤，也或許……我們本來就不應該在一起

張敏：（OS）自從除夕夜之後，我和哥哥深怕爸又和我們提起劉阿姨的事，我們就更少回家和爸一起共聚晚餐，也許是因為我們決斷的答覆，現在爸每天像失了魂似的，不再像以前那樣有開朗的笑容了

幕次 8. 內景　製麵廠　夜晚

張敏：哥，你不覺得爸最近精神看起來有點差嗎？

義傑：有嗎？我倒沒什麼注意

張敏：這幾天爸的食慾好像變得很差，他都吃得很少

△製麵廠聲音持續

義傑：張敏，聽妳這麼一說，我還真擔心耶，打電話回去問問爸吃飯沒

張敏：嗯，我這就打給爸

△電話撥號聲，沒人接

張敏：（疑惑）怎麼沒人接啊？爸這個時間，應該都在家裡啊！

△張敏再撥一次

張敏：（自言自語）奇怪……還是沒人接，（緊張）不行，我得回

家看看

△掛電話

張敏：（匆忙）哥，我先回家一趟，爸沒接電話，我有點擔心

幕次 9. 內景　張翰家　夜晚
△張敏回家
△張敏開大門鑰匙聲

張敏：（緊張）爸？爸！你怎麼都不接電話啊？

△張敏到各房間查看

張敏：爸！你在哪裡啊？（自言自語、擔心）奇怪，爸怎麼會不
在家裡？

△張敏走到客廳

張敏：嗯？這裡有張紙條……啊！是爸留下來的！
張翰：（OS）義傑、張敏，前陣子我和你們提起劉阿姨的那件事，
這幾天我自己也想了很久，其實你們擔憂我完全能夠理解，只是
我目前腦子裡的思緒很亂，所以想暫時離開家裡去找以前的老朋
友，讓自己好好靜一靜，你們不用擔心我

遲來的幸福

△火車聲漸起

幕次 10. 內景　老楊家　白天

△張翰按老楊家門鈴

老楊：（從遠方走來）來啦……來啦來啦！是誰啊？

張翰：老楊，是我，張翰啊！

老楊：（疑惑）張翰？！

△門鎖打開

△張翰進門

△老式收音機播放音樂

老楊：哇！老張，真的是你啊！來來來，快進來！^{（氛圍）}

張翰：（羨慕略憂愁）老楊，你這邊真不錯，還像以前一樣悠閒地聽廣播啊……

老楊：隨便坐隨便坐！

張翰：（感嘆）唉，真的好久不見啊！

老楊：老張啊，是什麼風把你吹來啦？

張翰：（尷尬）呵，沒什麼，來看看老朋友嘛

老楊：唉唷～老張，我告訴你，你來得正好，我這裡有一瓶三十年的高粱，來，為你而開！

遲來的幸福

張翰：唉呦，都老朋友了，還那麼客氣幹嘛

老楊：來！老張，我敬你！

△兩人對飲

△剝花生聲

張翰：（吃花生感）唉呦，我說老楊啊！有多久沒回老鄉探親了，家人都還好吧

老楊：（長嘆氣）唉！我父母幾年前都走了，家鄉的人啊，現在都不認識了喔

現在啊！就只能聽聽家鄉的歌，懷念懷念啊

張翰：（感慨）唉，我們這一代的人啊！幾乎是「他鄉變故鄉」啦

老楊：說的也是，13 歲離家，算算我在臺灣都快五十年了，哈哈哈……

張翰：唉，老楊啊，我就羨慕你這樣的生活，簡單又逍遙，沒什麼束縛

老楊：老張啊，人生苦短，不要想太多，能和老朋友把酒言歡，這才叫幸福啊 ！來！老張，我敬你！

△乾杯

老楊：欸對，老張，你那個製麵廠，現在怎麼樣啦？

張翰：（嘆氣）哎呀，老了，身體做不動了，製麵廠現在交給兒子女兒他們做了

遲來的幸福

△張翰電話聲響，張翰掛掉

老楊：老張，是誰打電話來啊，你怎麼不接？

張翰：一個不認識的號碼，可能是打錯的

△電話又響，張翰又掛掉，關機

老楊：欸，老張，這到底怎麼回事啊，你怎麼還關機啊？

張翰：老楊，真的沒什麼事啦……（打斷）

老楊：唉唷！我說老張，你都一個六十幾歲的人了，還像個小孩子一樣，有什麼事情還不好說的嘛！

張翰：哈……老朋友就是老朋友，什麼事情都逃不過你的眼睛

老楊：當然囉，來，老張，喝一杯，有什麼事情說出來，兄弟幫你解決

△兩人乾杯

張翰：（喝酒）自從淑芬走了之後^{（加諸情緒）}，我就全心全意投入在製麵廠的生意上。轉眼間，二十年就過去了……

(停頓久一點)

張敏：（OS）父親將他這二十年發生的事情，包括後來遇到劉阿姨，還有我和哥哥反對結婚的事情，通通告訴了楊伯伯，父親吐露了所有積藏已久的心事，在楊伯伯的開導之後，感受到如釋重負的舒暢

幕次 11. 內景　製麵廠、老楊家　白天

△製麵廠聲音

張敏：哥，怎麼辦啊，爸都一直不接電話，我們該怎麼辦啊？

△義傑不說話

張敏：哥？哥！你有沒有在聽我說話？

△張敏把機器關掉

張敏：你到底有沒有在聽？爸都已經失蹤了，你難道都不擔心嗎？

義傑：張敏，你在說什麼，我怎麼可能會不擔心！

張敏：那你說，我們現在到底該怎麼辦啊？

義傑：張敏，我在想，這整件事或許我們也有錯

張敏：哥……

義傑：自從媽過世之後，爸就一直是一個人，難免會覺得孤單

張敏：嗯……我們又不常回家吃飯，也沒人陪他聊天

義傑：唉，我們……都只有想到自己，完全沒有站在爸的立場來

思考

張敏：你說的有道理，或許我們真太自私了

義傑：張敏，你有沒有那個劉阿姨的電話？

張敏：我有啊，哥，你要劉阿姨的電話做什麼？

遲來的幸福

義傑：我在想，爸會不會去找劉阿姨了，而且我也想當面向他們道歉，這件事情，的確是我們的錯

張敏：嗯，不然這樣吧，我們先打電話給爸，把這件事情說清楚，也許爸就願意回來了

義傑：可是他都不開機，現在打過去也打不通啊

張敏：哥，給爸留言就好了，他一定會聽的

△音效轉換場景

老楊：老張，你的意思是說，剛剛打那些電話的人，就是你兒子？

張翰：（難為情）嗯……是啊

老楊：唉唷老張，那你趕快開機啊，他們一定很擔心你，應該會留言給你的！

張翰：（不好意思、又有點不相信）真的嗎？那我開機看看啊……欸？真的有留言啊……啊？是義傑的留言

△張翰開機，聽留言

義傑：（電話聲）爸，我和張敏……我們要向你道歉，劉阿姨的事情^{（氛圍）}，是我們太自私，我們已經接受了，家裡也敞開著門等你，爸，趕快回來吧……

張敏：（OS）聽完了哥哥的留言，父親的臉上出現了久違的笑容。對他而言，最令人欣慰的事，莫過於得到子女的祝福

遲來的幸福

幕次 12. 內景　張翰家　白天

△張翰回家

張敏：爸？爸！你回來了！我們擔心死你了！

張翰：（安撫）張敏，沒事了！沒事了……

義傑：爸！（低聲下氣）對不起，爸，之前的事情都是我們的錯

張翰：義傑，你別提啦，那些都是過去的事情了

張敏：對了，爸，你知道劉阿姨住哪裡嗎？

張翰：知道啊，張敏，怎麼了？

張敏：爸，我們一起去找劉阿姨吧，我這兩天打電話都聯繫不上她，我想說要趕快把這件事情告訴她，她一定也會很高興的

幕次 13. 內景　劉素華家　白天

△按門鈴

張翰：（疑惑）嗯，奇怪，素華上哪去了，怎麼都沒人應門呢？

△阿婆從旁邊門走出來

阿婆：是誰啊？怎麼一直按門鈴？

張翰：你好，不好意思，我找住三樓的劉素華

阿婆：劉素華？她已經搬走了耶

張翰：（驚訝）啊？搬走了？他什麼時候搬走的？

遲來的幸福

阿婆：大概⋯⋯一個月之前吧，你們是？

張翰：喔喔，我們是劉素華的朋友

阿婆：（突然想到）喔！對了，劉素華有留個東西在我這，她說，如果之後有人來找她，就把這東西給他們

張翰：（疑惑）留東西給我們？

阿婆：對了，你們先進來坐，我去把那個東西拿出來給你們

△三人進入房間

△鐵盒聲

阿婆：（拿出東西）就是這個紙盒，紙盒上面有屬名要給張－翰－

張翰：這個是⋯⋯（疑惑）給我的？

阿婆：喔，你就是張翰啊

張敏：（驚訝）啊！爸，真的這是劉阿姨要留給你的耶

張翰：（急切）⋯⋯（打開盒子）這些⋯⋯（翻找）這些是之前我給她的所有書信⋯⋯ （氛圍）

張敏：劉阿姨⋯⋯她怎麼把信都還給你了？

張敏：爸 ！這裡有一封劉阿姨留的信！

張翰：（拆開信）我看看

素華：（OS）張翰，其實你兒女的顧忌也沒錯，如果我們之間的感情，會傷害到其他人，或許我們本不該在一起。這些你寫給我的信都歸還給你，你留給我的回憶，就讓我帶走。劉素華

張敏：（OS）劉阿姨對父親的真心，是我和哥當初始料未及的。對於父親而言，劉阿姨無疑是他遺失的幸福，而我們子女能做的，

就是努力成為父親接下來生命中,那一份遲來的幸福

＝＝＝＝＝＝＝＝＝＝本集劇終＝＝＝＝＝＝＝＝＝＝

解不開的謎

故事大綱／

　　萊恩和女友小莉來到萊恩上司漢克買下的莊園，但卻在半路聽說這座莊園會有不祥之事發生；小莉以此和漢克針鋒相對，不料自己卻也惹上麻煩。夜晚在農田被奇怪的黑衣人追逐、身體狀況也越來越差，甚至得知莊園曾發生毒殺命案；怪事層層堆疊、真相撲朔迷離。

角色介紹／

角色	年齡	個性與背景
萊恩（男）	30	溫和、富有正義感。被夾在女友與上司中間，左右都要安撫、相當為難。
小莉（女）	25	暴躁、態度強硬，但其實膽小。萊恩女友，看漢克不順眼，處處挑毛病、找麻煩，在圖克莊園遇上各種怪事。
漢克（男）	40	時而尖銳，時而溫和，情緒不穩。萊恩上司，因女友過世而搬到郊外的圖克莊園。
老爺爺（男）	75	怪裡怪氣，充滿神秘感。萊恩、小莉在途中碰見的老人，對兩人提出警告。
老婆婆（女）	70	怪裡怪氣，充滿神秘感。萊恩、小莉在途中碰見的老人，對兩人提出警告。
警察（男）	28	正直，說話鏗鏘有力。萊恩學弟，將七年前圖克莊園毒殺命案的資料交給他。

旁白（女）	30	穩重客觀。

音樂備註／

一、 懸疑 suspense

二、 緊張刺激 tension

三、 單音低沈 drones

四、 氛圍 atmosphere

五、 夢幻 fantasy

六、 加諸情緒 emotional

七、 悲傷 sad

八、 神秘詭譎 quirky

幕次 1. 外景　萊恩車上　白天

△車子行駛聲

△小莉搗弄 GPS

小莉：奇怪……萊恩，我們怎麼開這麼久都還沒到啊？是不是迷路啦？

GPS：目的地秀峰路還有兩公里

小莉：嗯？好像快到了耶

△手機鈴聲響起

小莉：欸，你的長官打電話來了

△按下接聽鍵

解不開的謎

漢克：（電話）（不耐煩）喂？萊恩？你在搞什麼啊！都幾點了，怎麼還沒到？

萊恩：（困擾）呃……漢克，我好像迷路了

漢克：（電話）（不耐煩）迷路了？

萊恩：（困擾）奇怪，我明明照著 GPS 的定位走了……

漢克：（電話）哎呀，我不是跟你說過很多次，秀峰路直走，遇到大榕樹再右轉就到了嘛！

萊恩：（困擾）是啊，我就是照著你說的方向開，可是就沒看見大榕樹啊……

漢克：（電話）（不屑）唉呀！萊恩，虧你還是個警察，找個路都找不到！

萊恩：（打斷、委屈）好好，我知道了，我再找找看

△掛斷電話

小莉：（生氣）哼，漢克這傢伙講話怎麼那麼尖酸刻薄！怎麼樣！長官就了不起啦

萊恩：（安撫）小莉，你別這樣，漢克再怎麼說都是我警局的前輩啊

小莉：（強硬）前輩？前輩又怎麼樣？萊恩，我告訴你，我就是看他不順眼！

萊恩：（安撫）好了好了，小莉，你就別生氣嗎！何況，前陣子漢克女朋友突然過世，你就稍微體諒他一下吧……

△緊急煞車

解不開的謎

小莉：（尖叫）啊！萊恩，你幹嘛突然緊急煞車啊！你到底會不會開車啊你！

萊恩：（疑惑）小莉，GPS 從剛才就怪怪的，一直指示我們「向右轉^{（單音低沈）}」

△衛星定位不斷說「向右轉、向右轉」

小莉：（困惑）GPS 會不會壞了啊！等等啊，我用手機 google 地圖查一下

△手機定位表示「無法定位」

小莉：（困惑）無法定位？奇怪，網路訊號明明是滿格的啊？怎麼會這樣

△定位不斷說「向右轉、向右轉」
△萊恩操作 GPS 按鍵

小莉：（困惑）喂，萊恩，你看兩點鐘方向那邊的樹林，好像有兩個人……

萊恩：（囁嚅）嘶……奇怪了，出發前還好好的啊，怎麼現在就……

△萊恩操作 GPS 按鍵，不理會小莉說話

解不開的謎

萊恩：（困惑）難道真的是 GPS 壞了嗎

小莉：（緊張）萊恩、萊恩，你看那邊的樹林，真的有兩個人……

萊恩：（不耐煩）小莉，你在說什麼啊

小莉：（大聲）我說那邊有兩個人

萊恩：在哪裡啊？

小莉：就在那裡啊！（畏懼）奇怪？怎麼不見了，剛剛明明還在樹叢後面啊，怎麼突然就不見了啊！

萊恩：（困惑）樹--叢--後--面，沒有啊！哪有什麼人啊

小莉：（畏懼）萊、萊恩，我覺得這個地方怪怪的，我們還是趕快離開這裡吧

婦人：（突然插話、陰森）^{（氛圍）}你們來這裡做什麼？

老翁：（陰森）你們要找誰？

小莉：（驚恐）你們是誰？（囁嚅）萊恩，他們就是剛剛我說，在樹叢後面的那兩個人

萊恩：（小聲）小莉，你別胡說，（正常音量）老婆婆，請問您知道圖克莊園怎麼走嗎？

婦人：兩位要去圖克莊園？

萊恩：是啊，但是我們好像迷路了，請問……

老翁：（小聲）被詛咒的莊園、邪惡的男人，你們快離開這裡

萊恩：老先生，您說什麼？

老翁：（歇斯底里）被詛咒的莊園、邪惡的男人、被詛咒的莊園、邪惡的男人，你們快離開這裡！（聲音持續中）

小莉：（驚嚇）萊恩，快把窗戶關上！我們快離開這裡

△車窗關上

△婦人拍打車窗

老翁：（大喊）被詛咒的莊園、邪惡的男人、被詛咒的莊園、邪惡
的男人

婦人：（隔著車窗）（大喊）快走，你們快走，不要靠近那棟房子，
否則將會大禍臨頭……千萬不要靠近那棟房子！快走——！

旁白：（神秘詭譎）萊恩和小莉被剛剛這對老夫婦突如其來的舉動給
嚇了一跳，在驚魂未定的狀態下，慌張地開車離開，但回頭一看，
剛才那對詭異的老夫婦卻在轉眼間消失無蹤，就在此時，一直遍
尋不著的莊園竟奇妙地在眼前出現了

幕次 2. 外景　圖克莊園門口　白天
△萊恩小莉兩人下車

漢克：（碎碎念）萊恩、小莉，你們可終於來了，我今天可是在這
裡等了你們一個早上，你們是怎麼搞的……（淡出襯底）

△打開後車箱，拿行李

小莉：（OS）這莊園看起來老舊喔

小莉：（疑惑）（懸疑）被詛咒的莊園、邪惡的男人……

解不開的謎

漢克：小莉，你在看什麼？

小莉：（不屑）被詛咒的莊園、邪惡的男人……

萊恩：（制止）小莉，你別亂說話

小莉：我才沒有亂說，這是剛才那對老夫婦告訴我們的啊

萊恩：（欲言又止）漢克，你別介意，是這樣，剛剛我們在來的路上，遇見了一對老夫婦，他們說什麼「被詛咒的莊園、邪惡的男人」……

漢克：（豁達）唉呀，萊恩、小莉，你們放心吧！我住在這裡都快半年了，從來沒碰過什麼怪事，好了，別說了，咱們趕緊進屋——

旁白：^{（單音低沈）}就這樣，萊恩和小莉費盡千辛萬苦後，終於抵達了圖克莊園，隨後將行李放到漢克為他們準備的二樓套房，雖然小莉表面上裝作若無其事，但其實心裡早就認定，老先生口中說的「被詛咒的莊園、邪惡的男人」，指的就是圖克莊園和漢克本人

幕次 3. 內景　飯廳　夜晚

△關上爐火

△擺放碗筷

漢克：來，萊恩，你嚐嚐，這些都是我自己栽種的有機蔬菜

萊恩：（誇張）唉呦，真的假的，自己栽種有機蔬菜！

漢克：（開心）真的假不了！欸，小莉，你覺得口感怎麼樣

小莉：（冷淡）嗯？不是就普通的有機蔬菜嗎？我覺得沒什麼特別的

萊恩：（無奈）唉呦……你怎麼這麼說話啊

漢克：沒關係的，萊恩

△碗筷聲

漢克：來來來，趁熱大家多吃一點

小莉：（痛苦呻吟）

△鐵製餐具掉到地上發出聲響

萊恩：（緊張）小莉！你怎麼了？

小莉：（痛苦）^{（氛圍）}我的頭……好痛！

△餐具震動

漢克：（驚嚇）啊！餐具竟然飄在半空中？！這是怎麼回事啊？

萊恩：（驚恐）怎麼會這樣，莫非這真的是「被詛咒的莊園」

△餐具零散掉落地面

小莉：（哭腔）萊恩，我的頭好痛，感覺快要裂開了……

萊恩：（驚恐）漢克，我看我先送小莉回房休息好了

旁白：在一陣的驚恐與恐慌中，萊恩扶著小莉回到二樓房間，漢克一個人坐在餐桌邊，整個人像失了魂一樣，靜靜地低頭沉默不

解不開的謎

語

幕次 4. 內、外景　小莉房內、屋外　夜晚

萊恩：小莉，你現在好點了嗎

小莉：（虛弱）嗯

萊恩：小莉，剛剛你真的把我嚇死了

小莉：（虛弱）萊恩，這裡真的是被詛咒的莊園！^{（懸疑）}我們趕快

離開這裡吧

萊恩：（安撫）好、好，我們明天就回去，好不好？你好好休息

小莉：（急切）不行！萊恩，我們現在就走！現在就走吧！

萊恩：啊？現在？

小莉：對

萊恩：（安撫）現在天色都這麼晚了，還是等到明天早上再說吧？

小莉：（委屈）可是……

萊恩：（安撫）好了、好了，小莉，你先休息，我下樓去看看漢克

怎麼樣了

△萊恩輕輕將門關上
△小莉掀開棉被，走下床

小莉：（自言自語）我記得電磁鐵，應該是放在這附近才對

△翻動床底的東西

解不開的謎

小莉：欸，果然在這～

△拿出某樣會發出細微電波聲的物體

小莉：（嘲諷）呵呵，只用個簡單的小機器，就把漢克那傢伙唬得一愣一愣的～哈哈～真是太有趣了～

△遠處狗狂吠

小莉：（嫌棄）唉，討厭，那隻狗怎麼叫個不停啊？吵死了……

△小莉走到窗邊，稍微關起窗戶

小莉：（OS、驚恐）奇怪？農田旁邊的樹叢好像會有個人影？欸，那個人影的動作好像在除草，嗯？不對，好像是在噴灑農藥^{（氛圍）}

小莉：唉呦，萊恩怎麼下樓去這麼久啊

△小莉關起窗戶

小莉：萊恩都會習慣把手機帶在身上，我打個電話給他，叫他趕快上來

△撥電話聲

解不開的謎

小莉：奇怪，萊恩怎麼都沒接電話？（囁嚅）好像不太對勁，我看⋯⋯我還是下樓去看看好了

△打開房門，走下樓梯

小莉：（大喊）^{（懸疑）}萊恩？萊恩？

△停頓一秒

小莉：（大喊）漢克？（困惑）他們兩個人呢？（恐懼）不行，我再撥一次電話看看⋯⋯

△慌亂撥打手機
△萊恩手機在旁邊震動

小莉：萊恩竟然把手機丟在客廳這裡？那他人呢？

△物品掉落聲

小莉：（緊張）是誰？！萊、萊恩，是你嗎？

△緩慢靠近
△貓叫了一聲，然後跑走

解不開的謎

小莉：嚇死我了⋯⋯他們兩個到底跑到哪裡去了

小莉：（OS）（疑惑）難不成樹林裡那個人影是萊恩？還是⋯⋯漢克

小莉：我看⋯⋯我得到外面查個究竟

△開鎖，推開大門

△躡手躡腳踏上草皮

小莉：（怯懦）萊恩？漢克？

△某物快速朝小莉靠近

小莉：（驚嚇）什麼東西？！　　　　　（緊張刺激）

△小莉在草叢中亂竄

△被人影撲倒

小莉：（淒厲）啊──！（被摀住臉，悶聲）放手！你是誰？！你要幹嘛？啊！（被重物打暈）

旁白：小莉從二樓窗戶看見樹叢邊有個奇怪的人影，在驚魂未定之際，萊恩與漢克也失蹤了。正當小莉出門要查個明白時，卻樹叢邊遭到突如其來的襲擊，小莉還來不及看清對方的身影，就失去了意識

解不開的謎

幕次 5. 內景　小莉房內　白天

△猛地從床上起身

小莉：（驚恐喘息）啊！這裡是哪裡？我……

△萊恩開門走進來

萊恩：（焦急）小莉，你終於醒了！

小莉：（驚恐喘息）萊恩，這是怎麼回事，我怎麼會在床上？我昨天晚上明明（被打斷）

萊恩：我昨晚到樓下找漢克，但是沒看到他，所以就先到車上拿手機充電器，誰知道回來的時候，就看到你倒在農田旁邊的樹叢裡，這倒底是怎麼回事啊！

小莉：（囁嚅）昨晚……（單音低沈）（驚恐）對！昨晚！昨晚我在農田旁邊的樹叢看見一個奇怪的人影！

萊恩：（疑惑）奇怪的人影？

小莉：對！那個人影突然就朝我撲了過來，接著我就不醒人事了

萊恩：（疑惑）一個人影朝你撲了過來？你有看到那個人長什麼樣子嗎？

小莉：（困惑）我只記得那人個頭不高……（靈光一現）啊！還有！那個人影的脖子上亮亮的！

萊恩：（疑惑）脖子上亮亮的？是項鍊嗎？（懸疑）

解不開的謎

小莉：（困惑）這我也不確定……

萊恩：好，你放心，這件事我會仔細調查清楚

△放下餐盤

萊恩：來，這是漢克為你準備的早餐，用的都是他種的有機蔬菜，你多少吃一點，我先下樓去跟他說你昨晚看到人影的事

△萊恩關門離開

旁白：第一次刀叉浮在空中，雖然是小莉利用強力電磁鐵搞的鬼，目的只是為了嚇嚇漢克，然而這次奇怪的事情卻發生在小莉自己身上，難道這莊園真的是被詛咒了嗎？於是小莉在吃完早餐之後，決定再次前往樹叢，要去查個水落石出……

幕次 6. 外景　莊園農田　白天
△樹林環境音

小莉：（虛弱）唉，這究竟是怎麼回事？^{（單音低沈）}怎麼覺得……吃完漢克做的早餐後，身體……好像越來越沒有力氣了？

△小莉獨自在樹林中步行

解不開的謎

小莉：（囁嚅）我昨晚應該是在這附近被撞暈的……咦？奇怪？草叢裡怎麼會亮亮的？^{（夢幻）}

△撥動草叢

小莉：（疑惑）欸，這是……銀色的戒指？這個好像是女生的款式……

△樹叢竄動

小莉：（驚恐）誰？^{（氛圍）}是誰在那裡！

△某人走出來

老翁：（低沉）是我！

小莉：（驚恐）老一爺一爺，您怎麼會在這裡

老翁：（低沉）被詛咒的莊園、邪惡的男人……快離開這裡

小莉：（驚恐）老爺爺，你一直說「被詛咒的莊園、邪惡的男人」這到底是怎麼一回事啊

老翁：唉……七年前，這座圖克莊園的主人毒死了他們一家七口，最後自己也自殺了……（低沉）當地人都說這裡怨氣太重，你趕快離開這裡吧

小莉：（震驚）什麼？竟然有這種事，那漢克為什麼還要買下這莊園啊，難道他不知道這件事嗎？

解不開的謎

老翁：（低沉）他當然知道！所以有人說他是被這裡的惡靈給附身了

小莉：（震驚）什麼？漢克被惡靈附身！

老翁：（激動）趕快離開這裡！聽到沒有！趕快離開這裡！

萊恩：（遠處大喊）小莉！你在哪裡啊？

小莉：（大喊）萊恩，我在這！（恢復正常音量）老爺爺，謝謝您告訴我這些……（驚恐）奇怪，老爺爺人呢？

旁白：（神秘詭譎）小莉從老爺爺那兒得知圖克莊園的故事後，開始對漢克被惡靈附身這件事感到恐懼與不安，一心只想盡快說服萊恩離開這座被詛咒的莊園

幕次 7. 外景　莊園戶外　白天

漢克：（隨意哼歌）

△進行務農工作

漢克：（關心）小莉，我聽萊恩說你昨天晚上被人襲擊，你還好吧

小莉：漢克，你這個被惡靈附身的傢伙……

漢克：小莉，你是不是又從別人那裡聽到什麼奇怪的謠言？

小莉：（諷刺）謠言？漢克，是不是謠言，你心裡最清楚

漢克：（委屈）小莉，我想這一切應該都是誤會……

小莉：哼，少在那邊裝可憐了

漢克：（委屈）小莉，我知道自己有時候說話的方式讓人討厭，可

是我真的不是故意的……^{（悲傷）}（感慨）其實我原本也有個論及婚嫁的女友，可是，她卻在半年前突然過世了

小莉：（驚訝）突然過世

漢克：（傷心）嗯，因為一場車禍意外……我怕再次觸景傷情，所以才搬到郊外，好讓自己能平復情緒

小莉：但是漢克，你為什麼要搬到這座被詛咒的莊園來呢？

漢克：小莉，這座莊園真的不是什麼被詛咒的莊園，我想，應該是我得罪了附近的鄰居，他們才會想造謠來抹黑我……

旁白：聽著漢克訴說不為人知的過去，小莉內心不由得泛起一絲憐憫，甚至開始懷疑樹叢裡，那老爺爺所說「被詛咒的莊園、邪惡的男人」的真實性，不過此時，她心中又浮起一個疑問，那昨天晚上襲擊她的那個人影，到底又是誰呢？（懸疑）

幕次 8. 內景　飯廳　夜晚

△將鍋子端上桌

萊恩：小莉，你臉色看起來怎麼這麼差，沒事吧？

小莉：（虛弱）萊恩，我沒事……只是四肢無力，頭還有點暈暈的（氛圍）

漢克：（關心）來，小莉，多吃點青菜、多補充營養，或許就會好點了

△動筷夾菜

漢克：來，小莉，多吃點啊

小莉：（虛弱）謝謝你，漢克……

萊恩：對了，漢克，你兩天招待我們那麼辛苦，你自己也多吃一點，來這盤都給你

△推盤子

漢克：（制止）萊恩，不用整盤啦！一點就好，你知道我不喜歡吃青菜

萊恩：（疑惑）可是我看你幾頓飯下來，都沒吃多少青菜，不如另外一盤也留給你吧

△推盤子

漢克：可是我……

萊恩：你快吃啊，漢克，你種的這些菜都很好吃，怎麼不吃呢？
（懸疑）

漢克：（生氣）萊恩！你到底想幹什麼？

萊恩：（生氣）我才要問你呢！你到底想幹什麼！你為什麼晚上跑到農田那邊去？

小莉：（驚恐）什麼？晚上跑到農田，難道說我昨晚看見的人影就是……

解不開的謎

萊恩：沒錯，小莉，你說的那個人影就是漢克 ^{（氛圍）}

漢克：（驚恐）怎麼會是我？我大半夜跑到農田裡去幹什麼！

萊恩：好，那麼你告訴我，這枚銀色的女用戒指跟你手上戴的是不是一對啊！

漢克：（緊張）戒……戒指？！

萊恩：（篤定）如果我沒猜錯的話，這應該是你未婚妻留下的戒指吧？你一直都把它當成項鍊掛在自己的脖子上，對吧？

漢克：那枚戒指怎麼會在你那裡？！

萊恩：這是小莉在農田旁邊的樹叢裡撿到的（強硬）快說，你這麼做究竟有什麼目的？

漢克：（欲言又止）我、我是……

萊恩：（質問）是去灑藥，對吧？

△萊恩將農藥瓶置於桌上

萊恩：你就是用這個農藥瓶打暈小莉的！證據都在這裡！小莉會覺得身體不舒服，也是因為吃了你灑了藥的菜！

漢克：（輕笑到狂放）哈哈……哈哈哈哈！既然被你拆穿那也沒辦法了

萊恩：（生氣）想不到真的是你，我們跟你無冤無仇，你為什麼要這麼做

小莉：（生氣）漢克……你這邪惡的男人！

漢克：（發狂）哈哈哈！無冤無仇、邪惡的男人，說的好！萊恩你還記得吧？你半年前執勤的時候，意外造成了一場車禍，當時還

撞死了一個女人

萊恩：（震驚）這我當然記得，但那是一場意外，我不是故意的

小莉：（恍然大悟）難道萊恩撞到的那個女人，就是漢克的女朋友

漢克：沒錯！那個女人就是跟我論及婚嫁的女朋友！我想要報仇，所以我才處心積慮邀請你們來這座圖克莊園！

萊恩：可是撞死你女朋友的人明明是我，你為什麼要傷害小莉？

漢克：（瘋癲）哼！我就是要讓她死在你的面前，讓你嚐嚐失去愛人的滋味！ （緊張刺激）

萊恩：（震驚）你、你到底在青菜裡灑了什麼藥！

漢克：好，我就告訴你吧，萊恩！好讓小莉可以死得瞑目些，其實這片農田土壤硒含量特別高

萊恩：（驚恐）土壤硒含量特別高

漢克：後來我又聽說以前住在這裡的主人毒死了一家七口。我把兩者聯繫再一起，發現長期吃這裡的蔬菜，硒就會在體內越積越多，最後引發中毒死亡

萊恩：中毒？！所以你才一直讓小莉吃那些你種的有機蔬菜

漢克：（狂放）哈哈哈！沒錯，哈哈哈！

△警察破門而入

警察：漢克先生，我們要以殺人未遂的罪名逮捕你！

漢克：萊恩！你這傢伙是什麼時候通知警察的？！

萊恩：我老早就在暗中連絡警方了，而且，剛才我的手機也一直開著，你說的話都已經被警方聽見了！

解不開的謎

漢克：（掙扎）可惡！放開我！放開我呀！

△漢克被上銬，送上警車帶走

旁白：^{（單音低沈）}就在漢克被警方帶走之後，小莉也被送往醫院治療，而警方大陣仗的封鎖也引起了附近居民的關注，而此時，萊恩發現那對詭異的老夫婦竟然也出現在圍觀的人群之中

△人群吵雜聲
△腳步聲靠近

警察：啊，對了，學長，這是關於七年前，圖克莊園主人毒死一家七口的資料

△交付資料
△萊恩翻看資料

萊恩：（驚恐）欸，資料上面這兩張被害者的照片……這兩個人——不就是那對詭異的老夫婦嗎！

==========本集劇終==========

解不開的謎

死亡之約

劇情大綱／

做為一個報社記者的瑞克，在某個晚上收到一通神秘的留言，內容是邀請他到一座小島上作宴，瑞克心想是一則特別的獨家報導，決定前往赴宴，同行有四男三女，卻不料到了島上，大家才發現這是一場設計好的殺人計畫，面對一個一個受害者的出現，瑞克將會如何生存下去呢？

故事角色介紹／

角色	年齡	個性
瑞克（男）	26	報社記者、有企圖心、積極聰明、內斂謙虛。
亨利（男）	38	暴發戶、勢利眼、自視甚高、粗聲粗氣。
威爾（男）	37	城府深、老謀深算。
泰勒（女）	28	沉穩、推理能力強。
報社老總（男）	60	豪邁。
船夫（男）	33	平凡老者。
蘿拉（女）	22	熱情奔放、純真年輕大學生。
溫蒂（女）	32	神經質、浮誇。
旁白（女）	30	穩重客觀。

音樂備註／

一、 懸疑 suspense	五、 夢幻 fantasy
二、 緊張刺激 tension	六、 加諸情緒 emotional
三、 單音低沈 drones	七、 悲傷 sad
四、 氛圍 atmosphere	八、 神秘詭譎 quirky

幕次 1. 內景　瑞克家　夜晚

△電視機播放節目背景音

△玻璃杯酒碰撞聲

報社老總：哈哈哈，瑞克啊，我敬你，上次你寫的那條獨家報導，一發出去就引起轟動，產生讀者的效應，連報社都意想不到啊！

瑞克：啊哈，總編輯，您太客氣了，我也是運氣好，才能拿到這條新聞

報社老總：瑞克，你太客氣啦！你知不知道，那天有多少家其它報社的總編打來問我詳情呢！

瑞克：其實也沒什麼啦，只要觀察敏銳一些，抓對時機，自然就有好新聞

報社老總：哈哈哈，瑞克，你雖然進我們報社的時間不長，但表現的非常的優秀，來，瑞克，我敬你一杯！

瑞克：不敢不敢，我敬你

△乾杯聲

報社老總：時間也不早啦，我就先走了，不打擾你休息啦

△兩人從客廳移動到大門口
△開門聲
△車潮聲

瑞克：不打擾、不打擾，總編有空再來和我喝一杯
報社老總：唉唷，那當然，你可是我們報社的未來之星呢，好啦，
我先走了！
瑞克：好的，那總編慢走喔！

△關門聲
△腳步聲走回客廳

瑞克：（打哈欠）啊～

△答錄機聲響

瑞克：嗯？這麼晚了還有新留言，到底會是誰，我來聽聽
答錄機：您有一個新留言……

△按下答錄機按鍵

答錄機：瑞克先生，您好！鄙人是神秘山莊的主人。在此邀請閣
下在八月十三號傍晚，前來寒舍共聚晚宴。請在八月十三號中午

十二點前到達 3 號碼頭。搭上懸掛著三面黑旗的遊艇，船夫會帶你們去海島的。神秘山莊，誠摯邀請您^{（懸疑）}！

瑞克：嗯，還真是神秘啊，聽起來挺有意思的，有趣，還真是有趣！感覺又是一個即將到手的獨家報導，神秘山莊^{（緊張刺激）}……好，我就去看看到底有多神秘！

幕次 2. 外景　碼頭　白天

△碼頭環境音

△引擎聲

△船鳴笛聲

瑞克：（喃喃自語）三號碼頭……啊，三面黑旗，就是這艘，應該沒錯！

△腳步聲

瑞克：先生，這艘船是開往神秘山莊的嗎？

船夫：啊，是的，先生，請先到裡面的客艙稍作休息！

△急促的腳步聲

威爾：（喘）我晚到了！這是……哈啊……這是往神秘山莊的嗎？

船：對對對，往神秘山莊的，兩位到裡面坐吧，人都到齊了，準

備出發啦！

瑞克：嗯，你好，我們趕緊進去吧

幕次 3. 內景　客艙　白天

△兩人走進客艙

△客艙開門聲

△船鳴笛聲

旁白：^{（懸疑）}瑞克和這位氣喘吁吁的男子一起走進了遊艇的客艙，

一打開門，已經有兩男兩女坐在裡面，一位是戴著眼鏡的女孩，在旁邊，是一位穿著粉紅套裝的性感女郎，另外兩位一胖一瘦，看起來都是四十歲左右。而最後一個跑上遊艇的那個男子，穿著灰色的夾克，就坐在瘦子的旁邊

瑞克：（小尷尬）咳……那個，你們好，我先自我介紹一下，我叫瑞克，是一位報社記者，我想大家應該都是要去海島赴宴的吧？

蘿拉：（熱情率性）哦，你好！我叫蘿拉，我是學會計的，大學剛畢業，前天我收到主人的信，說要招聘網絡行銷員，所以我就來試試看了！

溫蒂：（誇張）哦～這麼巧啊，我也是前天收到的邀請，說是高薪聘請家庭教師，叫我去試試看，反正我早就不想再繼續待在那所倒霉的學校了，那校長是個色狼，動不動就……（停頓）呵……不好意思哈，我不該說這些的。對啦，我叫溫蒂，是個中學老師

亨利：（粗聲粗氣）什麼，你們都是去應聘的？他給我的邀請信上

說，在神秘山莊要舉行一個酒店老闆座談會，說有很多老闆都會

參加，所以我也就來了。怎麼，你們不是去參加那個會議的嗎？

瑞克：呃……那您是？

亨利：（不太高興）我叫亨利，是凱頓大酒店的老闆，哼

瑞克：呃……那，那這位先生呢？

威爾：啊，我是個花匠，我叫威爾。前天接到邀請函，說島上的

花草不知道得了什麼病，特地叫我過來給花草治病

泰勒：邀請的原因都差這麼多，嗯（沉思）……好像挺有趣的

瑞克：嗯？您是……？

泰勒：噢，我叫泰勒，職業是私人偵探

瑞克：那您是怎麼被邀請的呀？

泰勒：信上說他家有幾個兄弟姐妹失散了，委託我來幫忙處理

瑞克：欸？奇怪了，那邀請我們的主人到底是誰呀？

泰勒：對啊！主人到底是誰呀？我來問問載我們來的船夫看看

△客艙門打開

△海浪拍打船聲

瑞克：船夫先生，想請問你，你們家的主人是誰啊？

船夫：呃，這個我也不清楚啊

眾人：啊！

溫蒂：不會吧！別開玩笑了，你怎麼會不知道呢？

船夫：是這樣的，上個星期^{（懸疑）}，有人打電話給我，叫我今天把

你們送到那座海島上。完成任務之後，他就給我五百歐元。我就

死亡之約

按他說的時間，在碼頭等你們，人到齊了，就把你們送過去，過
幾天再把你們接回去就行了

泰勒：那這個打電話給你的人，你從來沒有見過？

船夫：（支支吾吾）呃……嗯，我可真沒見過

△竊竊私語聲

溫蒂：（有些害怕）^{（懸疑）}怎麼搞的！這太不合常理了吧？！

瑞克：（疑惑）這……這到底是怎麼回事呀？

幕次 4. 外景　碼頭至神秘山莊的路上　白天

△海邊環境音

△船鳴笛聲

△船抵達引擎聲

船夫：各位，目的地到了喔！

△眾人下船腳步聲

溫蒂：唉唷，累死我了，坐了三個小時，全身腰酸背痛的不得了！

△船艙開門聲

死亡之約

蘿拉：欸欸，你們看你們看，這個島上還真多奇花異草啊！

瑞克：嗯，有一種世外桃源的感覺

威爾：大家看，神秘山莊應該就是那棟兩層樓的別墅吧

瑞克：看起來應該沒錯，那我們大家趕快過去吧！

△眾人腳步聲

△鳥鳴聲

蘿拉：^{（神秘詭譎）}你們看，這麼斑駁的外牆！這別墅看起來，肯定

有歷史了

泰勒：嗯？大家看，這裡有一塊木頭標誌，寫著「歡迎各位光臨，

請到客廳稍候」

溫蒂：好奇怪啊，連個僕人都沒有，這算什麼呀！讓我們直接進

去嗎？

泰勒：既然指示牌都這樣說了，那我們就直接開門進去吧

△打開別墅大門

幕次 5. 內景　神秘山莊　白天
△眾人走進別墅

蘿拉：^{（加諸情緒）}哇！這個客廳好大好氣派啊！

亨利：哼，也不怎麼樣吧，這門廊走起來不怎麼舒服

死亡之約

溫蒂：亨利老闆，你標準也太高了吧？這裡少說也有二百五十坪吧，哇，你看這麼漂亮的歐式裝潢，要是能在這裡當家教，那有多幸福啊！

瑞克：（驚訝）一套組合沙發、一張十人座的西式餐桌、石頭砌成的壁爐……

泰勒：這房子的主人可真是財力雄厚，把家裡弄得這麼尊貴又典雅

瑞克：是呀，而且我剛剛看了一下樓上，也是非常……（被打斷）

擴音器：你們好啊，歡迎來到神秘山莊！

溫蒂：什麼聲音呀！是誰在說話，好可怕^{（單音低沈）}！

擴音器：很抱歉我現在還無法與各位見面，現在，先請各位先去認識一下各自的臥室。後續的具體安排，我已經寫在茶几的表格上。六點整，再麻煩各位到大廳共聚晚餐。哈哈哈……

蘿拉：（驚恐）這聲音聽起來真讓人毛骨悚然^{（氛圍）}

瑞克：對啊，聲音還從落地音響播放出來，嗚！更顯得特別可怕

威爾：六點才吃晚餐啊……那還有一些時間，現在，我們就先各自回房間，六點再下來集合吧

瑞克：嗯，就這樣辦吧

幕次 6. 內景　神秘山莊　白天

旁白：^{（神秘詭譎）}七個人來到這裡，也就客隨主便。根據安排分別去了二樓各自的臥室。瑞克走進自己的房間，裡頭只有簡單的擺

設，他放下行李便回到了一樓的大廳

瑞克：嗯？大家都在這裡啊

泰勒：瑞克？來來，你看這幅畫

瑞克：（沉思）嗯……，雖然畫的是一個長者，但我怎麼覺得……

泰勒：覺得什麼？

瑞克：覺得挺像你的啊 ^{（懸疑）}！

泰勒：瑞克你別開玩笑，我看倒覺得挺像你的。

溫蒂：才不呢，你們看，這雙眼睛多像蘿拉，難道……你是他女兒？

蘿拉：別胡說，我才覺得你像他女兒勒！

溫蒂：少來呢！你是他女兒～哈哈

蘿拉：什麼呀！我才不是呢！

△兩人嬉鬧

亨利：你們別再鬧了！（嚴肅）都已經快六點了，這該死的主人也該出場了吧，我肚子都快餓扁了！

威爾：亨利老闆，你這麼一說，我也覺得肚子餓了。（深呼吸）^{（夢幻）}嗯？什麼香味？

溫蒂：（誇張）哇，好香啊！什麼東西這麼香？你們聞到了嗎？

威爾：好像是咖啡的香味。是從廚房傳來的

溫蒂：你們去餐桌等我，我過去看看

死亡之約

△溫蒂向廚房走去腳步聲

溫蒂：（在廚房大喊）哇，真的是咖啡，好香啊

△溫蒂端著咖啡走出來客廳
△玻璃杯交錯聲

蘿拉：哇，小心點，你怎麼一次端這麼多的杯子啊

瑞克：我來幫忙拿！

溫蒂：有人在咖啡機上設了自動定時裝置。我剛剛進去的時候，剛好就煮好了，旁邊還有糕點，我想這是主人特地為我們準備的吧

瑞克：來，七個杯子，一人一個

△杯子放在桌上聲

溫蒂：我來倒咖啡！

△倒咖啡聲
△報時聲

瑞克：（喝咖啡聲）六點到了，主人還不出來，實在有些不禮貌

亨利：（粗聲罵）這個神經病，不知道在開什麼玩笑！

威爾：呃，我說亨利先生啊，你跟這主人到底是怎麼回事啊，怎麼一路上總聽你在罵他，好像和他有什麼不解之仇似的……

死亡之約

亨利：呃^{（緊張刺激）}……呃……（窒息聲）

威爾：嗯？亨利先生，你怎麼了，亨利先生……

亨利：呃……呃……（窒息聲）

瑞克：亨利先生？你怎麼了？

溫蒂：啊！他的嘴角流血了！

△眾人喊叫著亨利

旁白：亨利雙手緊緊地握住自己的脖子，嘴角流著血，臉上表情十分痛苦，身體扭曲著不斷掙扎。無論別人怎麼喊叫，亨利還是毫無反應，在地上痛苦地抽搐了幾下後，就再也不動了

蘿拉：啊……亨利先生，他，他不動了！

泰勒：我看看（停頓），沒有呼吸，他死了^{（單音低沈）}

溫蒂：（尖叫）啊……

泰勒：（驚恐） 是食物！食物有毒，一定是那個蛋糕，大家快吐出來

△眾人嘔吐聲

溫蒂：（驚恐）嗚……我也快死了，我不要，我不要！

幕次 7. 內、外景　神秘山莊、碼頭　白天

死亡之約

旁白：^{（氛圍）}在事發一小時後，大家發現自己都平安無事，由於所有的事情發生得太快，瑞克簡直不敢相信眼前的事實，愣愣地看著泰勒檢查亨利的屍體

泰勒：我剛剛檢查了一下屍體，這是氰化物中毒，我想毒就藏在之前我們所吃的食物裡^{（懸疑）}

溫蒂：（驚嚇）食物裡，（餘悸猶存）可是……我們怎麼沒有中毒呢？

擴音器：^{（神秘詭譎）}你們好啊，我尊貴的客人們，想必大家已經品嚐過我為你們準備的點心了吧？味道如何啊？哈哈哈！亨利先生的脾氣怎麼還是火氣十足啊？哈哈哈……

溫蒂：（驚嚇）啊！！又是這個聲音！！

擴音器：躺在地上的只是第一個犧牲品。接下來的日子裡，我要將你們一個一個地殺掉。你們逃不了的！遊艇上剩下的汽油最多只能維持十分鐘的路程，這裡也沒有任何手機的訊號，你們根本無法求救。你們已經被困在島上，永遠也出不去了。（狠勁）哼，你們就是我的獵物，哈哈哈哈哈……

蘿拉：（害怕極了）可惡！你到底是誰啊！為什麼不敢出來

瑞克：嗯？你們大家快過來看！

△腳步聲
△搜出收錄機聲
△磁帶轉動聲

瑞克：這臺收錄音機被放在這個音箱裡面了，^{（懸疑）}磁帶還在轉動

泰勒：應該是有人預先將它放在這裡，像一個定時裝置，預設好在這個時間播放的

瑞克：（疑惑）可是兇手怎麼知道亨利會中毒呢？

威爾：（怒吼）^{（緊張刺激）}是你！溫蒂！是你去沖的咖啡，還有那些蛋糕，肯定是你在食物裡下了毒！

溫蒂：不是我！怎麼會是我！

威爾：肯定是你、肯定是你，我打死你！

△桌椅翻倒聲

溫蒂：啊！！（驚嚇的閃躲）不是我！

泰勒：威爾，你不要這麼衝動，冤枉溫蒂小姐，當時點心都是大家自己拿的，溫蒂怎麼會知道亨利會吃到那份有毒的點心呢？

瑞克：嗯，說的有理，那到底是誰作的孽？

威爾：（神經質）是魔鬼^{（神秘詭譎）}，一定是魔鬼……（發瘋般大叫）這一定是魔鬼幹的。說這裡是神秘山莊，其實就是魔鬼山莊。只有魔鬼才會事先知道是誰先死，這都是他預先安排好的。我們誰都逃不掉了，他會把我們一個一個殺死^{（緊張刺激）}！

瑞克：威爾你冷靜點，這世界上是沒有魔鬼的

威爾：（驚恐）走開！我不要留在這裡，我要離開這裡！這裡有魔鬼，我們都會死光的！

死亡之約

△開門聲

瑞克：威爾！你冷靜點！你要去哪裡

船夫：先生！回來吧，船上沒汽油了。你開不了多遠的，只要我們大家在一起就不用怕他了

威爾：（苦笑）沒用的，他一定事先安排好了，待在這裡只有死路一條。我要走了！

△發動遊艇引擎聲
△遊艇駛離聲

溫蒂：威爾！威爾！

蘿拉：他還真的開走啦

溫蒂：怎麼辦，又一個人離開了，唉，真讓人害怕……

瑞克：唉，我們已經盡力了，我們回去吧，待在外面也不是辦法

泰勒：嗯，只能這樣了

△眾人轉身走回別墅腳步聲
△海面上傳來猛烈的爆炸聲

瑞克：（驚恐）嚇！怎麼回事啊！

蘿拉：（驚恐）海上……有一團火光欸 （神秘詭謫）

溫蒂：（驚恐）啊！那不是……威爾開走的船嗎！威爾被炸死了！

瑞克：（深呼吸）我們不能再這樣坐以待斃了。我們在明處，兇手

死亡之約

卻躲在暗處，我們應該把他找出來

泰勒：瑞克說得對，我們應該一起行動，讓兇手無機可乘

蘿拉：我們現在就徹徹底底把這個海島搜查一遍

旁白：^{（緊張刺激）}他們繞著海島走了一圈，發現這個島實在太小，

根本沒有可以躲藏的地方。於是他們又返回別墅，仔細搜查各個

房間的每個角落，但卻徒勞無功，最後，大家只好回到自己的房

間。

幕次 8. 內景　神秘山莊　白天

旁白：^{（懸疑）}經過了前一天，亨利與泰勒的死亡，剩下的幾個人，

在恐懼與不安中度過了一個夜晚。隔天早晨，瑞克在陽光下緩緩

醒來

△打哈欠聲

瑞克：（懵）嗯？已經八點啦？

△腳步聲

△拉窗簾聲

△開門聲

瑞克：早啊，蘿拉、溫蒂、船夫先生，你們都起床啦？

死亡之約

溫蒂：當然啦，想到亨利跟威爾，我昨晚都睡不好^{（單音低沈）}！

蘿拉：瑞克，怎麼就你一個人？泰勒呢？

溫蒂：是啊，嗯？是說泰勒呢？

船夫：（伸懶腰）一定是太累了吧

瑞克：哦，那就不要去打擾他了，讓他多休息一會吧

溫蒂：（驚恐）我覺得怪怪的^{（懸疑）}……還是去把他叫起來吧

蘿拉：是啊，一個人感覺好危險，我們還是集體行動比較好吧

瑞克：嗯，好吧，那我們上去看看

△四人上樓敲門

瑞克：泰勒小姐，你起床了嗎？我們大家都在等你耶

△瑞克又敲了敲門

瑞克：泰勒小姐？泰勒小姐！

溫蒂：怎麼沒有回應？（驚恐）^{（氛圍）}該不會……該不會……

蘿拉：（驚恐）別亂想！也許只是睡太熟了，一時沒有聽到而已

瑞克：（大聲）泰勒小姐！！

△跑步上樓聲

船夫：瑞克先生，我從廚房拿了一支鐵棍，用這把門撞開^{（緊張刺}

激）！

瑞克：好，我來！

△門被撞開
△眾人衝進去

瑞克：泰勒小姐！

溫蒂：（驚恐）啊！

蘿拉：（驚恐）啊！我的天啊！泰勒！

旁白：^{（氛圍）}大家衝進泰勒房間之後，發現泰勒躺在床上，但胸口上竟然插著一把尖刀，血水從床上流到地面上，積了一大攤，屍體已經變冰涼，顯然已經死去一段時間了^{（懸疑）}

瑞克：泰勒小姐……居然死了

船夫：你們大家快來看，床頭邊有張紙條！

瑞克：我看看……（唸字）^{（單音低沈）}可敬的泰勒小姐，因為你是一名出色的私人偵探，為了保持這次活動的神秘性，你必須先死

蘿拉：（疑惑）^{（懸疑）}保持這次活動的神秘性？什麼東西啊！這人真是個神經病！

船夫：落款寫的是……神秘人，看來又是那個瘋子！

旁白：^{（氛圍）}在事情發生後，瑞克立即檢查了所有的門窗，發現門窗都反鎖著，沒有撬鎖的痕跡。他們又敲遍了每一堵牆，也仔細檢查了衣櫥內壁和地板。依然沒有任何的發現。那麼，兇手到底

死亡之約

是從什麼地方進來殺人，又從什麼地方脫身的呢？

幕次 9. 內景　神秘山莊　白天

△坐椅子聲

蘿拉：　來，大家都過來這邊坐著，聽我說

船夫：　怎麼了，難不成你有什麼重大發現？

蘿拉：（深呼吸吐氣）我覺得，兇手就在我們中間 ^{（懸疑）}

溫蒂：（驚恐）這不可能！絕不可能！我們這些人都是一起來的。

蘿拉：（緊接著說）可是我可以確定這島上現在只有我們四個人。因為所有地方都搜查過了，沒有發現任何蛛絲馬跡，所以說，兇手一開始就在我們之間

船夫：按照蘿拉小姐你這麼說，兇手不是溫蒂的話，就是瑞克或者是我了？

蘿拉：有這個可能。當然，也包括我

溫蒂：^{（單音低沈）}不，不會是我，我一個女孩子，我怎麼會做出那種事情

蘿拉：那也難說，我記得當初就是妳給亨利準備點心的。妳忘了嗎？

溫蒂：（激動）我都已經說過了！點心是事先分好的沒有錯，但是，我也沒有強迫你們拿哪一塊，是大家自己隨機選的，所以我怎麼可能是兇手！

蘿拉：誰知道呢，說不定妳是從小說裡學來特殊的下毒方法啊

溫蒂：你不要亂說，我看蘿拉你才是兇手吧，哼，做賊的反喊抓賊！

蘿拉：妳胡說！

溫蒂：你才胡說！

△踱步聲

瑞克：（大喊）你們不要吵了！我們誰都有可能是兇手。蘿拉，溫蒂，船夫先生，還有我。我們沒有證據，也不知道兇手作案的手法。所以現在你們就不要再吵了，這樣亂猜是沒有用的！

溫蒂：（起身）蘿拉，我想去洗手間，你能陪我去嗎？

蘿拉：嗯 （單音低沈）

船夫：他們兩個這樣離開，不知道安不安全。

瑞克：沒事的，剛才我們每個人不是都各自房間拿食物，也沒有發生什麼事啊！

船夫：話是這樣說沒錯，只是心裡毛毛的，我們感覺就像待宰的……

△大廳停電跳電聲

船夫：嗯？怎麼回事？

瑞克：怎麼突然停電了？

船夫：好暗啊，簡直伸手不見五指了

瑞克：我們去廚房看看電源總開關

死亡之約

船夫：嗯

△兩人跑到廚房
△開門聲

船夫：諾，這裡有手電筒

瑞克：我看看^{（懸疑）}……總開關……啊，電源的閥門被人關上了

船夫：（驚恐）被關掉了？

瑞克：嗯，這上面有一個用無線電控制的定時裝置，我把它調回來應該就好了

△開啟門閥聲

船夫：呼，電來了，看得見好多了

瑞克：（疑惑）^{（單音低沈）}這種定時裝置，感覺又是兇手搞的鬼

船夫：（驚恐）我……我有種不好的預感

瑞克：（驚恐）什麼意思？你是指溫蒂小姐和……

△溫蒂淒厲的慘叫^{（緊張刺激）}

瑞克：（驚恐）不好了！

船夫：（驚恐）我的天，還真的發生了！

瑞克：（驚恐）別說那麼多了！快到洗手間去！

幕次 10. 內景　神秘山莊　白天

△兩人奔向廁所腳步聲

旁白：^{（緊張刺激）}就在瑞克和船夫聽到尖叫聲後，一起跑到洗手間

前，只見溫蒂倒在裡面，右手緊摀著胸口，兩眼直直地瞪著前方，

表情非常扭曲，樣子十分嚇人

瑞克：蘿拉！這、這是怎麼回事啊！

蘿拉：（餘悸猶存）她……她死了^{（單音低沈）}

船夫：妳這個劊子手，現在妳還有什麼話說？

蘿拉：你別亂說！溫蒂不是我殺的！

瑞克：溫蒂不可能是蘿拉殺的。如果她是兇手，她還會陪溫蒂去

洗手間嗎？

船夫：那到底是怎麼回事啊？現在只剩三個人了，到底誰才是兇

手啊！

幕次 11. 內景　神秘山莊　白天

旁白：^{（氛圍）}這個殺人謎團又隨著一個人的死亡，變得越來越加撲

朔迷離。回到大廳後，瑞克再一次重新整理了整個事件的經過

△踱步聲

死亡之約

瑞克：這一整件事的開始，先是亨利吃了點心後中毒身亡^{（懸疑）}，

接著，威爾坐船逃離海島時，被安放在遊艇上的炸彈給炸死了；再來是隔天的時候，我們發現泰勒被人用刀刺入心臟，最後是兇手透過遙控器，使別墅停電，恢復電力的時候，我們就看到溫蒂被人害死在廁所裡了

船夫：這整個事件看來是已被妥善鋪陳與安排過

瑞克：沒錯！的確是被人妥善鋪陳與安排過，（堅定）我一定要把兇手找出來，我要出去一下

船夫：你一個人？你要去哪，現在已經十點多了！

瑞克：我要去每個案發的現場再看看，說不定還有什麼遺漏的線索

蘿拉：不好吧，瑞克^{（單音低沈）}，一個人行動，很不安全的

瑞克：沒事的，在這邊也只能坐以待斃，我想去那些案發現場理清一些頭緒^{（緊張刺激）}

旁白：瑞克說完便起身走向客廳，留下船夫和蘿拉兩人在大廳待著，直到鐘聲敲了十二下，瑞克才又回到大廳

船夫：（焦急）瑞克先生，你總算回來了，我們還以為你出什麼意外了呢！

蘿拉：你有找到什麼線索了嗎？

瑞克：（自信）嗯，現在我已經知道兇手是誰^{（緊張刺激）}，還有他所採用的那些手法了

蘿拉：真的嗎！

瑞克：相信我，現在請你們和我一起上二樓，就知道真相了

幕次 12. 內景　神秘山莊　白天

瑞克：首先，^{（懸疑）}先讓我們來解開第一個謎吧。也就是亨利是如

何中毒的？其實，兇手在每個咖啡杯上，都下了毒

船夫：什麼？這怎麼可能，那我們早就都被毒死啦

瑞克：不對，毒藥是抹在每個杯子的杯口。但是，只抹了一面，

也就是半圈

船夫：半圈？我不懂這是什麼用意

蘿拉：啊，我懂瑞克的意思了。通常我們右撇子會用右手拿杯子，

嘴巴是不會碰到杯沿的另外半圈的。但如果是左撇子的話……

瑞克：沒錯，左手拿杯子，嘴巴自然就會碰到塗上毒藥的這面了

蘿拉：你是說，亨利是左撇子？

瑞克：是的。我剛剛去查看他的屍體時，發現他是右手戴錶的，

所以我認為他的慣用手是左手

蘿拉：啊，^{（單音低沈）}聽你這麼一說，我也想起來了。我記得之前

在遊艇上看過，他用左手寫字

船夫：唉，原來如此

瑞克：^{（氛圍）}起初我們都認為發生在這裡的殺人案，最大的疑惑就

是，兇手是如何進入以及逃離這個現場的。但其實我們一開始就

中了兇手的圈套

蘿拉：啊？兇手的圈套？

死亡之約

瑞克：事實上，兇手一直就待在這個房間裡

蘿拉：什麼？！

船夫：什麼？！兇手一直就待在這個房間裡^{（緊張刺激）}？

瑞克：我們雖然在這裡仔細檢查過，試著去發現有沒有什麼機關，結果什麼都沒有發現。但實際上，我們一直漏了一個地方

蘿拉：漏了一個地方？不可能啊！我們全都翻過了呀！

瑞克：我們為了保護現場，我們都沒有去翻動屍體，因此，一個最重要的地方，我們始終沒有檢查過，那就是這張床！（停頓）出來吧，威爾先生

△床掀起機關聲

船夫：（驚嚇）威爾先生？是你？天哪！你不是死了嗎！

蘿拉：（不敢置信）騙人的吧？你真的是威爾先生？

威爾：（邪惡）厲害！厲害！真是厲害！我這樣精心策劃的計謀，居然被你給看穿了，我可真是小看你了

船夫：（驚嚇）這，這到底是怎麼一回事呀！

瑞克：還是讓我來解釋吧。^{（懸疑）}起初我也認為威爾被炸死了。但當我剛才走到海邊時，我突然想起，其實我們並沒有親眼看見他死掉，再想想他當時誇張的表情，不斷大叫有魔鬼、有魔鬼，然後又急著離開我們

蘿拉：是呀！明明知道船上沒有多少汽油了，他卻還硬要開走

瑞克：其實，他故意表現出非常害怕的樣子，目的就是要卸下我們的心防，等他開走遊艇，船行駛到一定距離時，就穿上預先準

備在船上的潛水衣，偷偷潛入水中，在水下引爆了裝在船上的炸彈

船夫：原來如此，這樣就給了我們一種「他已經在爆炸中喪生」的假象

瑞克：沒錯，然後他就游回海島，從秘密通道爬進泰勒小姐的臥室，藏在她床下的機關中

蘿拉：喔，我知道了，等到深夜的時候，他就從機關中爬出來，殺了泰勒小姐，又躲回機關中

瑞克：是的，我是在這裡發現了床舖有移動過的痕跡，於是就做了以上的推斷

△踱步聲

威爾：（邪惡）呵，精彩，非常精彩！真是了不起的年輕人！

蘿拉：那，那溫蒂呢？

瑞克：^{（懸疑）}依照我的推測，威爾在電源開關上做了手腳，看到溫蒂去洗手間，他就切斷電源，從秘密通道出現在她面前。溫蒂本來就膽小，看到一個她認為已經死掉的人突然出現在她面前，再加上這幾天恐懼的心情，就導致溫蒂當場心臟病發而死^{（緊張刺激）}

威爾：嗯～完全正確

蘿拉：（生氣）你！你這變態！你這殺人兇手！

船夫：為什麼？你為什麼要這麼做？我們根本不認識你，為什麼要這樣害我們？

威爾：（邪惡）哼，我是為了錢！為了很多很多的錢！

死亡之約

蘿拉：可是除了亨利，我們其他人都沒有錢啊！

威爾：唉，事到如今，我還是和你們說吧。其實，我們七個人，都是同父異母的兄妹^{（加諸情緒）}，而我，就是你們的大哥

蘿拉：（不可置信）你不要開玩笑了！我們七個人，是同父異母的兄妹？

威爾：沒錯，我知道你們無法相信，但這是事實。我們的父親，也就是你們在客廳裡看到的那幅畫像裡的人，是個很有錢的人。這海島和別墅都是他的。他年輕的時候，到處欠下不少風流債。而我的媽媽就是他的原配夫人，因為這個原因，我就一直在他身邊長大。後來他老了，想償還以前的那些孽債，所以兩年前，他叫我把你們都找來，好當面認親，同時把財產分給你們

蘿拉：所以你就把我們找過來，想把我們都殺掉，自己獨吞那些…（威爾搶話）

威爾：^{（單音低沈）}沒錯！我想到，如果你們都死了，我就可以獨享那筆錢。所以，我就把你們都騙到島上來

船夫：你就為了那些錢，去殺害你的兄弟姐妹嗎？你就不怕良心受到譴責嗎？

威爾：（咆哮）難道還不夠嗎？^{（加諸情緒）}我陪那老頭子這麼多年，沒有功勞也有苦勞。而你們呢，你們連自己的親生父親是誰都不知道，卻要和我平分財產，你們說這公平嗎，公平嗎？

瑞克：（冷冷的）親愛的大哥，現在你還能獨吞這筆財產嗎？

威爾：呵，我雖然落在你們手裡，但我得不到的，你們也休想得到^{（緊張刺激）}。這裡與世隔絕，如果沒有我，你們誰也別想出去，

只能在這裡做孤魂野鬼！哈哈哈！

船夫：（生氣）你還是人嗎？你這個魔鬼！

瑞克：^{（緊張刺激）}你別得意得太早！在我確定你就是兇手後，我心想，你一定有什麼通訊工具，於是我就在你房間裡到處搜尋，找到這個，這部衛星電話，同時也報了警。我想，現在警察應該已經快來了吧，威爾，不……應該說是大哥，你還是自首吧

△直升機聲

幕次 13. 內景　瑞克家　黃昏
△電視機播放節目背景音
△玻璃杯酒碰撞聲

報社老總：瑞克，我說你啊，真的太有前途了！這次寫的海島的這個報導，又引發社會一陣熱烈的討論！不過瑞克啊，我好奇的是，後來結局真的是你寫的那樣嗎？

瑞克：是呀，後來警方就趕來了，把威爾逮捕，同時也用直升機把蘿拉、船夫先生和我給載回來了

報社老總：瑞克，以後你可真要小心一點呀，不要為了跑新聞，結果把自己陷入危險當中！

瑞克：當然當然，這次算是個意外吧！

報社老總：不過能有這樣的新聞，真的令人很興奮，畢竟又讓其他報社，恨得牙癢癢的，欸，可是我們報社啊，真的是以你為榮。

死亡之約

瑞克，我敬你！

瑞克：哪裡哪裡，總編，您太客氣了！

△乾杯聲

報社老總：嗯，那我就先回去啦，這麼晚了，還打擾你，太不好

意思了！

△兩人腳步聲到門口
△開門聲
△車潮聲

瑞克：不會不會，總編太客氣了，我資歷還太淺，以後還需要您

多多指教

報社老總：哈哈，以後也多努力，我期待你寫出更多好新聞啊！

瑞克：那當然，我會繼續加油的

報社老總：好！那我就先走啦

瑞克：總編再見！慢走喔！

△關門聲
△瑞克走回客廳腳步聲

瑞克：唉，要是每次寫完新聞，都要接受一次總編這樣的待遇，

也是挺累人的。（伸懶腰）啊～

△答錄機聲響

答錄機：您有一則新留言……
瑞克：嗯？這麼晚了還有新留言，到底會是誰，我來聽聽

△按下答錄機按鍵

答錄機：瑞克先生^{（懸疑）}，您好！鄙人是神秘山莊的主人，感謝您將在海島的故事寫成這麼精采的報導，同時也感謝您在神秘山莊精彩的演出，我們後會有期^{（緊張刺激）}

＝＝＝＝＝＝＝＝＝＝＝本集劇終＝＝＝＝＝＝＝＝＝＝＝

京城奇談

劇情大綱／

曹漢進京趕考，在入住客棧後答應了姜狄換房的要求，於是住進柴房。可是到了半夜，一股詭異的氣息驚醒了他，沒想到來者竟是幾年前被姜狄害死的女子——秋花，她執意要找對方報仇，但此時，曹漢卻提出了另一個想法。最後，曹漢是否能了結秋花心願，又考取功名？做了壞事的姜狄下場又會如何？

故事角色介紹／

角色	年齡	個性
曹漢（男）	27	善良、富正義感。
秋花（女）	25	幽怨。
姜狄（男）	30	奸詐、狡猾、好女色。
掌櫃（男）	50	富熱忱。
旁白（女）	30	穩重客觀。

音樂備註／

一、 懸疑 suspense

二、 緊張刺激 tension

三、 單音低沈 drones

四、 氛圍 atmosphere

五、 夢幻 fantasy

六、 加諸情緒 emotional

七、 悲傷 sad

八、 神秘詭譎 quirky

幕次 1. 外景　京城街道　夜晚

△夜間環境音

△腳步聲

旁白：^{（氛圍）}明朝洪武 11 年間，有位來自湖洲的書生，名為曹漢。他連夜趕往京城準備參加科舉考試，而當他終於抵達京城時，天色已漸漸暗了下來

曹漢：唉，天色這麼晚了，我看還是找間客棧休息吧。明天就是考試的日子了，我準備了這麼久，可千萬不能因為精神不繼而誤了事

幕次 2. 內景　客棧　夜晚

△客棧環境音

掌櫃：這位客倌，這是你的房間，如果有事隨時叫我，我住最前面那間

曹漢：好的，謝謝

△跑步聲

△開門聲

姜狄：（喘）掌櫃、掌櫃，你……你們這兒還有空房嗎？

掌櫃：這位客倌，不好意思，最後一間房間剛剛已經被這位客倌給訂走了

姜狄：什麼？全部都給訂走了

掌櫃：客倌，如果您不嫌棄，我們還剩下一間柴房還空著，您願意將就點嗎？

姜狄：（震驚）^（單音低沈）啊！？柴房？（持續碎唸）這可怎麼辦才好，居然真的碰上了……

掌櫃：（詢問）這位客倌，您考慮一下看看，再告訴我……（被打斷）

△銀子碰撞桌聲

姜狄：（霸氣狀）掌櫃的，這錠銀子給你！不管了，那位仁兄的房間我要了！

掌櫃：（急忙）啊？這、這怎麼可以？如果您不想住柴房，那就請客倌去別間客棧吧！

姜狄：（猶豫、為難）掌櫃的，這麼遠的客棧，都沒有房間了，哪兒還有別間客棧啊？

△開門聲

曹漢：我說這位仁兄，出門在外，總有不方便的時候。有間柴房住算不錯了，你為什麼不肯住呢？

姜狄：（遲疑）啊……這、這……不然這樣吧！（誠懇）這位仁兄，這錠銀子給你，可不可以把你的房間讓給我？

△銀子碰撞桌聲

曹漢：（OS、疑惑）^{（懸疑）}看他這樣……真的很不願意住柴房，難道是有什麼難言之隱……

曹漢：（堅定）收回你的銀子，我就跟你換吧。

姜狄：（喜出望外）真的？謝謝！謝謝！這位仁兄的大恩大德、沒齒難忘！謝謝、謝謝啊……

曹漢：^{（加諸情緒）}行了、行了，明天還要考試呢，我們倆還是都早點回房休息吧

姜狄：是是是，仁兄所言甚是。仁兄，請

幕次 3. 內景　柴房　夜晚

△夜間環境音

京城奇談

△「天乾物燥，小心火燭」及打更聲

△開門聲

曹漢：（作噁狀）嗯⋯⋯這間柴房⋯⋯沒有光線、地面又如此潮溼⋯⋯唉呦，這怎麼住人啊！唉呀，不管了，時候也不早了，還是舖一舖床、早點休息吧⋯⋯

△陰風呼呼聲，窗戶突然打開

△狗吠聲

曹漢：（驚醒）啊！這風也太大了吧⋯⋯

秋花：（細微）^{（神秘詭譎）}姜——狄、姜狄——

曹漢：（緊張）嗯？什麼聲音？

秋花：（略大聲）姜——狄、姜狄——

曹漢：（緊張）是誰？是誰？是誰在說話，快點給我出來！

秋花：（大吼）姜——狄！我、不、甘、心！

曹漢：（驚嚇）^{（緊張刺激）}啊！（緊張、哆嗦）我⋯⋯我與姑娘素不相識，姑娘為什麼來找我？（疑惑）等等⋯⋯姜、狄？

秋花：（盛怒）姜狄，少給我玩花樣！

曹漢：（驚嚇）姑娘，我⋯⋯我叫曹漢⋯⋯不是姜狄啊！

秋花：（疑惑）啊？你不是姜狄？（遲疑）啊⋯⋯

曹漢：（微恐懼）姑娘……這姜狄跟我在櫃檯換了房間，我才會住到這間柴房的。

秋花：^{（懸疑）}可惡，怎麼會連老天爺都在幫他呢？（轉正常聲音）這位公子，實不相瞞，我與姜狄有血海深仇，這次是來取他狗命的。還請你快點去叫他來，以免我誤傷了你。

曹漢：（關心）姑娘，姜狄到底跟妳有什麼深仇大恨，讓姑娘妳一定非索他的命不可？

秋花：（不耐煩）這不關你的事，請你不要多管閒事！

曹漢：（堅定）姑娘，如果妳不告訴我原因的話，我也絕對不會告訴妳，姜狄住在哪個房間！

秋花：（深吸一口氣、長嘆）唉，好吧……

幕次 4. 內景　姜狄家　白天

秋花：（OS、娓娓道來）^{（悲傷）}小女子我名叫秋花，本是湖北襄陽人。我與丈夫兩人以農耕為生，育有一子。我的丈夫跟姜狄租了二十畝田地，每天早出晚歸、無論颱風下雨都辛苦工作，每年除了繳納姜狄的租金之外，剩餘的收成勉強還可以養家糊口。（轉難過）可是怎麼知道，去年春天，我的丈夫突然患了重病，不到一個月便離開了人世。家裡的重擔在一夕之間，全部落到了我的身上。（悲憤）有一天的午後，我去姜狄家付田租——

△環境蟬鳴鳥叫

秋花：姜老爺，沒事的話我就先告辭了

姜狄：（色瞇瞇狀）唉～等等，秋花啊，別那麼急著走啊

秋花：姜老爺，還有什麼事嗎？

姜狄：秋花啊，妳先坐下，我有話跟妳說（色瞇瞇狀）我說秋花

啊……^{（懸疑）}妳一個女人家，獨自耕田養家一定很辛苦，身體一

定很酸痛吧？來來來，我幫妳按摩、按摩

△秋花掙扎聲

秋花：（不悅）欸！姜老爺……姜老爺……請你不要這樣！呃！

姜狄：^{（單音低沈）}啊（被掙脫），妳的丈夫都已經離開人世了。妳一

個女人家這樣下去也不是辦法，不如……妳來做我的二房吧！把

孩子也一起搬過來住，田租我也不跟妳收了！

秋花：（嚴肅狀）姜老爺，請你不要這個樣子！雖然先夫過世了，

但我不可能會做出對不起我先夫的行為！

姜狄：（生氣狀）^{（緊張刺激）}妳軟柿子不吃、偏要挑硬的啊？好啊！

秋花，妳不嫁給我，我就把你們家的田地全部收回！

京城奇談

秋花：（暴怒）什麼？姜狄！你怎麼可以這麼不講理！

姜狄：（跩）田是我家的，我當然有權力不租給妳，怎麼？看妳是要做我的二房，還是跟孩子一起餓死，秋花，妳好好想想吧！

秋花：（不甘心）可惡，姜狄……你真是太可惡了！

幕次 5. 內景　柴房　夜晚

秋花：（娓娓道來）^{（加諸情緒）}過了不久，姜狄將我迎娶了回去，剛開始對我和孩子還算善待。可時間長了，姜狄便開始喜新厭舊，就把我和孩子趕了出去！我惱怒之下，就急忙趕去找姜狄理論。誰知……卻被姜狄一把推到門外，撞在石柱上，就這樣斷了氣……

△夜間環境音

△狗吠聲

曹漢：（惋惜）原來還有這麼一段故事，真是委屈妳了，秋花姑娘……

秋花：（憤恨）姜狄見出了人命，便隨便找個下人替自己頂了罪。我死後依然無法原諒姜狄，便化做了冤魂，一路跟著他來到了京城。姜狄陽氣極重，我根本無法接近他。因為柴房是陽光照不到

京城奇談

的陰暗之地，我終於有機會下手！怎麼知道，姜狄似乎早有準備，

竟然提前跟你換了房間……

△腳步移動聲

曹漢：唉……秋花姑娘，妳別擔心，我一定會幫秋花姑娘妳啊，

把這個仇，給討回來的！

秋花：（欣喜）這麼說，你是願意告訴我，姜狄住哪個房間了嗎？

曹漢：不，這麼做的話，只是冤冤相報而已。放心，我已經想到

更好的辦法了，^{（氛圍）}但秋花姑娘妳必須先答應我，等一下一定要

聽我的話才行

秋花：（為難）這……

曹漢：秋花姑娘，請妳相信我，我一定會讓事情圓滿結束的

秋花：（遲疑狀）好吧，我就先答應你

曹漢：太好了！那麼事不宜遲！現在，我們就去姜狄的房間吧

幕次 6. 內景　姜狄房間　夜晚

△姜狄打呼聲

△敲門聲

姜狄：（驚醒）啊⋯⋯啊？誰啊？來了來了，別敲了⋯⋯（隔著門）

哪位？

曹漢：（隔著門）仁兄，我是傍晚時和你換房間的那位書生，我有

些話想和您說

姜狄：（隔著門）啊，是你啊，稍等，我開一下門

△解鎖、開門聲

秋花：（怒吼）^{（緊張刺激）}姜狄！你給我納命來！

姜狄：（驚恐）啊啊啊啊！

曹漢：（嚴厲）秋花姑娘！剛剛不是說過一切要聽我的嗎？妳別激

動，請先在房外稍等，讓我跟姜狄先談談

秋花：（不情願）哼，好吧⋯⋯但如果你們談太久了、想要狼狽為

奸，我就把你們兩個都殺了！

曹漢：當然、當然，秋花姑娘，妳先在外面等等。姜狄，快跟我

來！

姜狄：（驚魂未定、喘）啊啊！好⋯⋯

△關門聲

曹漢：姜公子，不瞞您說，秋花姑娘，剛剛已經把你當初害死她

的過程，都一五一十地告訴我了

姜狄：（驚駭）^{（單音低沈）}哈！？果然沒錯、果然沒錯……那個相士果然沒算錯，秋花、秋花，她果然來找我尋仇了……哎呀，這可怎麼辦才好……

曹漢：姜公子，你在嘀嘀咕咕些什麼呢？

姜狄：（坦言）其實……在秋花死後，我一直都感到心神不寧。所以才在進京趕考前，我便找了一位相士算過，相士說，我將會遭到惡鬼報復

曹漢：（驚駭）遭到惡鬼報復！

姜狄：嗯，相士還說，叫我不要去柴房之地……秋花，她可能會在柴房下手，所以稍早才和你換了房間。（崩潰、哀求）仁兄！念在我們也有一面之緣，你也不忍心，就這麼看我被害死吧？是吧？你行行好！救救我的命！你要什麼我都給你！請救救我啊！別讓秋花那個女人得逞了！

曹漢：欸！這怎麼行？你害了人家一條性命，我怎麼幫得了你呢？

姜狄：（絕望）仁兄啊！你別這麼絕情啊！現在，我只能指望您了！（開始窩囊啜泣）

曹漢：（假裝思考）其實，辦法也不是沒有……只要你肯按照我的方法去做，或許，我還可以救你一命。但如果你吝惜錢財，那我也沒辦法了

姜狄：（急忙、欣喜）絕不吝惜！絕不吝惜！我家裡有的是錢，命

可只有一條啊！曹公子，你有什麼方法，你趕快說，我都答應你

曹漢：（微笑）呵，我的方法其實很簡單，那位秋花姑娘不是有個

孩子嗎？既然你害死了她，就送她孩子一萬兩銀子和二十畝田地，

讓秋花姑娘的孩子衣食無憂，或許⋯⋯它就能解開秋花姑娘對你

的仇恨了

姜狄：（大喜）真的？真的這樣就可以了！？好！我姜狄在此對天

發誓！只要冤魂秋花願意饒我一命，要多少田地和銀子，我都給

她！

曹漢：姜公子你先別激動，這也要秋花姑娘，她本人同意才可以

啊，請你在這稍等，我去問問她

△開門聲

秋花：（懸疑）你可終於出來了！如果再晚點，我就要衝進去把你和

姜狄都殺了！所以呢？結果如何？

曹漢：秋花姑娘，只要妳願意饒他一命，姜狄他願意送給妳的孩

子一萬兩銀子和二十畝田地，以確保妳孩子的未來衣食無憂

秋花：啊？銀子和田地？你的意思是，要我就這麼輕易的放過姜

狄？

曹漢：（勸說）（加諸情緒）秋花姑娘，妳仔細想想，當初妳之所以會

向姜狄妥協，還不就是為了妳的孩子？如果秋花姑娘妳不聽我的

京城奇談

勸告，弄死姜狄，最後妳的心願達到了，可妳苦命的孩子可怎麼辦才好？

秋花：（沉思）你這麼說……好像也有點道理……但姜狄這人，品德低下，做事喜歡出爾反爾

曹漢：秋花姑娘，不如這樣吧！我們讓姜狄他立下字據，由我來做見證，這樣應該就沒問題了吧？

秋花：（高興）好啊！好啊！如果有字據又有證人，那這樣，該死的姜狄，想賴也賴不掉了！

曹漢：既然秋花姑娘也同意了，那我們現在就進去找姜狄立字據吧！

△開門聲

姜狄：（恐懼）妳妳妳妳……妳真的是秋花！

秋花：（微怒、壓抑）姜狄，你放心吧，剛剛曹公子已經跟我說過了，我會放你一條生路的

姜狄：（不敢置信）秋花，妳……妳真的不殺我了？

秋花：沒錯，只要你肯立下字據、信守諾言

姜狄：（狂喜）哈哈！沒問題！沒問題！我這就馬上立！

△翻紙聲

秋花：（感激）多謝公子！用這種方法替我消除了心中的怨恨，不但保住了姜狄的狗命，又讓我的孩子未來的生活衣食無憂，可以說是兩全其美，我也就沒有怨言了

曹漢：（突然想起）對了⋯⋯秋花姑娘，有點小事，不知道問妳是否恰當？

秋花：什麼事，公子請說

曹漢：是這樣的⋯⋯關於明天的科舉考試，我想知道自己是否有機會考上官職？

秋花：（打探曹漢）嗯⋯⋯（打探姜狄）嗯⋯⋯

姜狄：（害怕）妳⋯⋯妳別這樣看我啊！

秋花：姜狄可能中榜眼，至於曹公子您⋯⋯這次，恐怕是榜上無名了，必須等下一次的考試才勉強能中個前十名

曹漢：（感嘆）唉⋯⋯果然是這樣啊⋯⋯

姜狄：（喜出望外）我能中榜眼？我能中榜眼！太好了！

姜狄：（OS、陰險）^{（單音低沈）}哼哼⋯⋯等著瞧吧，等我拿到功名當了官，就馬上派人把那張字據給搶回來，管你什麼鬼呀、神的，我才不怕呢！

秋花：既然事情也圓滿落幕了，曹公子的大恩大德，我一定會永遠記得的！^{（夢幻）}還請您不要為考試的結果灰心⋯⋯呵，那麼我就先告辭了

京城奇談

幕次 7. 內景　襄陽縣衙　白天

旁白：轉眼間，曹漢回到湖洲也過了半個月的時間。這天中午，曹漢坐在家中看書，突然有兩名差爺前來拜訪

△馬蹄聲

公差 A：考生曹漢，恭喜你高中榜眼，請速跟我們回京城、到吏部受職

曹漢：（驚訝）榜眼！？官爺，你們確定沒有弄錯嗎？

△公差拿出公文聲

公差 B：湖州人氏曹漢，千真萬確

曹漢：（OS）^{（單音低沈）}我不是應該落榜嗎？難不成……是秋花姑娘弄錯了？

旁白：當天下午，到吏部報到後，曹漢不敢有半點遲疑，受令之後便帶著官印往江南奔去。趕了幾天路程，終於到了襄陽縣。這天晚上，曹漢在縣衙剛梳洗完畢，正準備要休息……

曹漢：（OS）奇怪？湖北襄陽縣不正是秋花姑娘的家鄉嗎？怎麼

會把我調到這裡去呢？

秋花：（幽幽）^{（夢幻）}曹公子

曹漢：秋花姑娘

秋花：（正經）恭喜曹大人當上縣令，這可是襄陽的百姓之福啊！

曹漢：（疑惑）奇怪了，我正要問妳。之前妳不是說過我要到下一次才能考到功名的嗎？

秋花：（笑）呵呵，本來是下一次的。但那晚，我看出姜狄這人心術不正。再加上公子您有恩於我，於是小女子便順水推舟，暗中更改了你們考題上的名字。結果，中的人是你，落榜的就是姜狄了

曹漢：（恍然大悟）原來如此！

秋花：不會！您幫了我這麼多，我這麼做是應該的～

曹漢：秋花姑娘，妳放心，字據的事情，我一定替妳辦妥，絕不會讓姜狄有機會食言的！

秋花：（開心）呵呵，這樣就好，順便再跟公子您說一件好事

曹漢：嗯？什麼好事啊？

秋花：由於姜狄當初害我死於非命，閻王大人為了懲罰他……明年的今天，就準備讓我投胎到他家

曹漢：哈哈！不錯不錯，真期待姜狄到時候的反應啊！

秋花：是啊……時候不早了，我也差不多該去向閻王大人報到了，曹公子，來世有緣再見吧！

京城奇談

曹漢：嗯，一定有機會的！

幕次 8. 內景　秋花娘家　白天

旁白：^{（加諸情緒）}曹漢感念秋花姑娘的情義，第二天一早，便叫來
姜狄。姜狄見自己落了榜，曹漢又當了縣官，只好乖乖地遵照吩
咐。拿到了銀子和田契，曹漢便立刻往秋花娘家的方向趕去

△馬蹄奔跑聲
△蟬鳴聲

婆婆：（遠處）曹大人！曹大人！

曹漢：咦？老婆婆，您怎麼知道我是誰呢？

婆婆：曹大人啊，昨天晚上，我女兒秋花託夢給我，說曹大人今
天會上門來，讓我們一早守在門口迎接您呢！

曹漢：原來是秋花姑娘啊

婆婆：是

曹漢：這裡說話不方便，進去再說吧

婆婆：是、是

旁白：^{（加諸情緒）}曹漢將秋花姑娘的事情一五一十的告訴了老婆婆
後，便把銀子和地契交給了她。老婆婆接過這兩樣東西，感激得

痛哭流涕。曹漢也算是為秋花姑娘了結了心頭的宿願。時間過的真快，轉眼間，一年的時間過去了……

幕次 9. 內景　襄陽縣衙　白天

△腳步移動聲

衙役：曹大人，有您的書信，是關於之前湖北人姜狄的。

曹漢：快拿過來看看，嗯？這是！

旁白：^{（悲傷）}姜狄的妻子如同秋花所言，果然生了個女孩，長得像秋花一模一樣，姜狄頓時又急又怕。後來聽說，姜狄真的瘋了，整天在市井裡跑來跑去，就是不肯回家

曹漢：（感慨）唉……做人啊，一定要行善

＝＝＝＝＝＝＝＝＝＝＝本集劇終＝＝＝＝＝＝＝＝＝＝

推銷死亡的人

劇情大綱／

秀珍殺死了自己的丈夫映竹，而一切的開始要從推銷員謝政留下
的眼鏡說起，那其實是副能夠監看配戴者的眼鏡。秀珍從此深陷
監看自己丈夫生活的日子，無法自拔，直到她撞見丈夫在外有別
的女人，因而引發殺機……

故事角色介紹／

角色	年齡	個性
映竹（男）	35	好丈夫、愛家、工作認真。
秀珍（女）	32	柔弱、沒主見、易歇斯底里。
謝政（男）	30	城府深、口才流利、老謀深算。
旁白（女）	30	穩重客觀。

音樂備註／

一、 懸疑 suspense

二、 緊張刺激 tension

三、 單音低沈 drones

四、 氛圍 atmosphere

五、 夢幻 fantasy

六、 加諸情緒 emotional

七、 悲傷 sad

八、 神秘詭譎 quirky

幕次 1. 內景　秀珍家　白天

△（回憶）

△警笛聲、群眾吵雜聲^{（緊張刺激）}

鑑識：通報、通報，建國路二段民宅發生兇殺命案

△摔撞物品聲

秀珍：（歇斯底里）是他要殺我……是他先要殺我的！

警察：小周，現場狀況怎麼樣？

鑑識：根據現場狀況研判，老婆殺死她丈夫，兇器已經找到了，犯嫌目前有精神不穩定的狀況，需要再進一步觀察

秀珍：放開我……我沒有殺人！我沒有殺人！是他想殺我！啊啊啊啊！

幕次 2. 內景　秀珍家　白天

△廚房烹飪、清洗碗盤

秀珍：老公，出門小心點，早點回家喔

映竹：嗯，好啊！（嘆氣）因為最近公司比較忙，不然誰想每天

推銷死亡的人

加班？

珍：你啊，每天就知道加班，偶爾也回來吃我煮的飯呀

映竹：好的，老婆大人～

秀珍：好了好了！快點出門，不然上班又要遲到了

旁白：^{（夢幻）}她是于秀珍，唸書時，是學校的校花，因為相貌出眾，在畢業之後，便與一家大公司的主管映竹結婚，婚後，于秀珍就一直在家裡當個全職的家庭主婦。 剛開始幾年，于秀珍也覺得這樣的日子挺悠閒的，但時間一久，她對這樣的日子開始感到厭倦了

幕次 3. 內景　秀珍家　白天

△秀珍觀看電視影集聲

△門鈴聲響

秀珍：咦？這麼早，會是誰啊？（懶散）好了、好了～來了來了！別再按了！

△慢步走去開門聲

秀珍：呃……請問你是？

謝政：太太您好，我是尖端科技公司的業務員，叫謝政，這是我的名片。可以耽誤您幾分鐘的時間嗎？

秀珍：不好意思，我不需要，我現在在忙

謝政：太太，為您介紹這個產品，或許您會需要喔！

秀珍：（疑惑）^{（懸疑）} 我會需要的？是什麼東西我會需要啊？

謝政：太太，請讓我耽誤您幾分鐘就行，好不好？

秀珍：既然你都這麼說了，那就請進吧！

謝政：啊，謝謝啊，謝謝、謝謝……

秀珍：（OS）這年輕人，外表還挺乾淨的，也蠻有禮貌，或許跟其他推銷員不太一樣……

謝政：不好意思，太太，打擾您了

秀珍：不會、不會，請隨便坐

謝政：謝謝、謝謝──

△開公事包，持續翻東西聲

謝政：我們公司雖然成立的時間不長，但是都是做一些非常高科技的產品，您不要看這些產品很不起眼，他們可是有意想不到的作用^{（單音低沈）}

秀珍：什麼意想不到的作用？

謝政：您看，這些就是我們的產品

推銷死亡的人

秀珍：胸針、手錶、耳環？

謝政：我們的產品都是以飾品為主

秀珍：呃……這些女性飾品，我真的看不出來有哪個地方是有高科技的，這些不就是一般的胸針嗎？

謝政：太太，您當然看不出有什麼特別的，這些飾品，在外表看起來就跟一般的飾品沒有兩樣，但事實上，他們都是一種訊號接收器^{（懸疑）}

秀珍：（疑惑）訊號……接收器？什麼是訊號接收器？

謝政：啊，這麼說好了，他們就像是偵探電影裡會出現的針孔攝影機^{（神秘詭譎）}，只要在家裡安裝一個終端接收器，您就可以透過這個機器，知道配戴者，現在正在做什麼事

秀珍：（驚訝）^{（氛圍）}這麼神奇！真的還是假的啊？

謝政：太太怎麼樣？這機器很先進吧！（驕傲小笑）

秀珍：（疑惑）聽你這樣說，這產品的確是很先進，但我只是個平凡的家庭主婦，應該用不到這樣的東西吧？

謝政：^{（懸疑）}太太，看你們家的裝潢這麼豪華，生活肯定是過得不錯，但是一個男人在外面拚事業，這苦多、累多，誘惑同樣也多，難道您都不想知道您的老公在外面都在做些什麼嗎？

秀珍：（生氣）^{（單音低沈）}你到底在說什麼！請你出去！我相信我老公不會做出對不起我的事！

推銷死亡的人

△收拾東西聲

謝政：（驚恐）太太，妳不要生氣、別要生氣啊！那我先走啊，^{（緊張刺激）}如果有需要的話，再跟我連絡……這、這個是我的名片

秀珍：（生氣）不用了！現在，就請你出去！

△關門聲

秀珍：（生氣）這個人真是莫名其妙，胡說八道些什麼啊……

△吸塵器打掃聲

秀珍：咦？這是什麼？這個眼鏡挺眼熟的，^{（氛圍）}該不會是剛剛那位業務員忘了帶走的吧？話說回來，聽他剛才把這個產品講得這麼神奇，不知道是真的還是假的，這看起來就是一副很普通的眼鏡啊……（無奈）唉……不知道老公今天又要忙到幾點才會回來……

推銷死亡的人

幕次 4. 內景　秀珍家　白天

△鬧鐘聲響

△從床上蹦起來聲

映竹：天哪！快八點了！不快一點，開會會遲到！

秀珍：你看看你，每天都忙到三更半夜才回家，難怪早上會起不

來

△盥洗聲

映竹：我的眼鏡呢？(遠處喊)老婆，妳看不看到我的眼鏡在哪兒啊？

△吹風機聲

△沖水馬桶聲

秀珍：沒有啊！你東西都隨便亂放，你昨晚到底是放在哪兒啦？

映竹：（急躁）我是放在盥洗臺上的呀，怎麼又不見了？天啊……

秀珍：對了，我昨天在整理家裡的時候，發現了一副舊眼鏡，你

就湊合著，先戴吧！（緊張刺激）

映竹：好好好，快快快，快拿給我，我要遲到了！

秀珍：喏！你戴戴看，合不合適？

映竹：可以，有總比沒有好，行了，老婆我先走了

秀珍：路上小心點！

映竹：知道了！

幕次 5. 內景　秀珍家　白天

△廚房油炸聲

秀珍：咦？映竹的眼鏡怎麼在這裡？他不是說在盥洗臺上嗎？
（笑）真是個粗心鬼，欸？那映竹今天戴的不就是^{（懸疑）}……那
推銷員的眼鏡？或許……這是老天爺給我的一個機會也說不定，
讓我來測試看看這個眼鏡，是不是像那個年輕人講得那麼神奇

△撥電話聲

秀珍：我看看，0、9……

謝政：（電話）您好，我是謝政。　請問有什麼需要我為您服務的
嗎？^{（緊張刺激）}

秀珍：嗯……你好，我是上次那個……

謝政：（電話）哦，是上次我登門拜訪的那位美麗太太吧！

秀珍：我對你們的產品突然有點興趣了，能不能麻煩你再來我們

推銷死亡的人

家一趟？

謝政：（電話）沒問題！太太，您稍等一下，我馬上就到！

幕次 6. 內景　秀珍家　白天

△電鈴聲

△開門聲

秀珍：你好，上次真的對你很不好意思

謝政：哎呀！太太，您千萬不要這麼說！喔，對了，我昨天走得

太匆忙了，只有把眼鏡留在這裡，忘了把終端機留下來，現在，

我就幫您裝上去！

秀珍：真是謝謝你了，快進來坐吧

謝政：啊，謝謝、謝謝！

△將玻璃杯放在茶几上

秀珍：請先喝杯水（停頓）^{（單音低沈）}安裝這個終端機，會很久嗎？

△放工具箱

推銷死亡的人

謝政：不會、不會，一下子就好了！

△打開電視，出現雜訊聲

謝政：太太，您幫我打開電視看看有沒有畫面？

秀珍：嗯？沒有耶……欸！等等，有畫面了！

謝政：太太，您現在所看到的畫面，是配戴著我們產品的人，所看到的視角，現在您可以透過電視，監看您先生的一舉一動

秀珍：（驚訝）哇！這……這真的太不可思議了！

謝政：太太，您對這個產品還滿意嗎？

秀珍：這個高科技產品……要多少錢啊？

謝政：（狡詐）^{（懸疑）}太太，這個……不瞞您說，這些產品本來就還在測試階段，只能傳送影像但沒有聲音訊號，我們公司為了調查市場的接受度，特地讓我們找一些客戶來試用，您剛好是我們第一批的試用者，所以完全免費

秀珍：（猶豫）真的完全免費嗎？

謝政：之前拜訪過幾位客戶，他們都不相信有這樣免費的服務，認為我們是騙子，所以，我們還是會跟您收一些象徵性的安裝費，總共兩千塊就好了

秀珍：兩千塊？還真的不貴呢！等我一下啊

△翻皮夾找錢聲

謝政：太太，謝謝您，接下來還要請您幫我試用一段日子，再給我們寶貴的使用回饋資料

旁白：^{（氛圍）}就這樣，于秀珍這天一整個下午都待在電視機前，看映竹在公司發生的一切大小事，于秀珍這才知道，原來，映竹在公司是這樣的忙碌，看著看著，她對映竹在公司的一舉一動，也越來越有興趣了

幕次 7. 內景　家中餐廳　夜晚

△擺碗筷聲

△開門聲

映竹：老婆，我回來了！

秀珍：老公，你回來得正好，我晚飯剛煮好，快來吃飯！

映竹：哇～今天是發生什麼好事了？怎麼會突然煮這麼豐盛的料理，每一樣看起來都很好吃呢！

秀珍：哎呀～沒有啦～老公，看你平常工作這麼辛苦，偶爾也要慰勞你一下啊！

映竹：老婆，真的謝謝妳，那我先開動囉！對了老婆，我的那個

眼鏡妳今天找到沒？^{（懸疑）}

秀珍：怎麼了？今天這副眼鏡戴得不合適嗎？

映竹：也不是，妳知道我戴眼鏡不是為了度數，是為了修飾臉型，但今天這副眼鏡不管怎麼戴，戴起來就是覺得有點古怪

秀珍：古怪？怎麼會怪呢？我覺得你戴這副眼鏡很適合啊，比之前那副更帥了！

映竹：（驚喜）真的嗎？

秀珍：當然是真的啊，我怎麼會騙你？我看啊，你以後都戴這副眼鏡好了

映竹：既然老婆大人都這麼說了，那我以後就戴著吧！

旁白：^{（加諸情緒）}自從于秀珍說服映竹戴上這副特殊的眼鏡之後，她開始不看雜誌、不聽音樂，也不出門逛街，看電視成了她唯一的愛好。于秀珍每天計算著映竹到公司的時間，然後就迫不及待地打開電視，看映竹批閱文件、和同事吵架、對下屬發脾氣，看著映竹為家裡奔波勞苦的模樣，讓秀珍逐漸找回以前戀愛的感覺

幕次 8. 內景　秀珍家　黃昏
△打開電視機，雜訊聲

秀珍：咦？今天老公怎麼這麼早就離開公司？啊！竟然是停在一推銷死亡的人

家珠寶店前？想不到老公會想要買珠寶送給我？天啊，好期待喔

～老公到底會送什麼東西給我呢？我一定要裝做不知道，不能被

他發現……^{（懸疑）}那個女人又是誰！那女人是誰？我老公怎麼會

在那裡，那女人拿的，那是……驗孕棒嗎？還是陽性！

△秀珍小聲啜泣聲

秀珍：為什麼！為什麼！那個可惡的女人……（哭泣）

旁白：就這樣，于秀珍看著電視裡的女人跟映竹如此的親密，又

想到那女人懷孕的事，不禁擔心起來，如今，老公有了外遇，又

有了小孩，一旦揭發了映竹的外遇，自己一定也會一無所有

秀珍：（狠勁）^{（單音低沈）}一定要，解決掉……那個女人！

幕次 9. 內景　秀珍家　白天

△門鈴聲

△開門聲

秀珍：（無力）來了、來了……

謝政：太太您好，請問對我們的產品，您使用得還滿意嗎？

秀珍：（無力）先進來再說吧……

推銷死亡的人

△關門聲

謝政：^{（單音低沈）}太太，我是來回收客戶意見的，請問在使用上有
沒有發生什麼問題？

秀珍：（無力）沒什麼問題，只是畫面有時候會有些雜訊，看不太
清楚而已

謝政：這是正常現象。呃……太太，您今天看起來臉色有點不太
好，是不是發生什麼事了？

秀珍：（無力）沒有什麼啦，只是我最近有一點失眠罷了

謝政：對了，太太，我們公司最近又出了一款新產品，不知道您
是不是有興趣看一下？

秀珍：（無力）是什麼？什麼樣的產品啊？

△開公事包聲

謝政：這個。您看，就是這一條項鍊

秀珍：這不就是條普通的項鍊嗎？看起來也沒什麼……

謝政：妳看上去的確是一條普通的項鍊，它是由微電腦操控的高
科技項鍊，可以偵測人體的生理狀態

秀珍：微電腦操控、生理狀態……這有點複雜，是什麼意思？

推銷死亡的人

謝政：太太，簡單地來說，^{（神秘詭譎）}您只要戴上這條項鍊，它就會偵測您的身體狀況，發射電磁波去按摩您的穴位。像您最近，不是有失眠的情況嗎？就非常適合配戴我們這款項鍊！

秀珍：嗯，這……

謝政：太太，您可千萬不要不相信喔，上一次我們的產品，您不是也試過了嗎？^{（單音低沈）}是真是假您也知道，對不對？除此之外，這條項鍊還有一個特別的功能

秀珍：什麼特別功能？

謝政：它可以防盜！任何跟您的生理訊息不同的人配戴這條項鍊，都會遭到電擊

秀珍：電擊！這也太過分了吧！

謝政：不需要擔心，雖然是電擊，但電量還是不足以殺死人的

秀珍：是嗎？所以只要是其他人一戴上項鍊，就會遭到電擊？

謝政：對對對，太太，您說得完全正確

秀珍：那好，快點幫我戴上吧

謝政：好好好，來來來

△擺弄項鍊，金屬聲

秀珍：（OS、狡詐）^{（懸疑）}這個謝政，該不會已經知道我用這條項

推銷死亡的人

鍊的真正用意了吧？在他還沒有察覺之前，我還是趕快把他打發

走

謝政：好了！太太，項鍊戴好了，您看看，怎麼樣？

秀珍：嗯，不錯、不錯，謝謝你喔

謝政：不用客氣，如果有任何使用上的問題，也要請您跟我說^{（緊}

張刺激）

秀珍：好，我知道了，謝謝你今天特地過來一趟

旁白：在給于秀珍戴好項鍊之後，謝政就像往常一樣離開了房子。

只是這次，于秀珍心裡已經有了計畫

幕次 10. 內景　家中餐廳　夜晚

△餐盤碗筷聲

映竹：老婆，今天的菜怎麼有點鹹啊？

秀珍：可能是因為最近身體不太舒服，調味料不小心加太多了

映竹：真的嗎？那妳多注意休息啊

秀珍：啊，對了，老公，我最近買了一條項鍊^{（懸疑）}，但回來戴了

幾次之後，總是覺得不太合適。不然這樣吧，你把這條項鍊拿去

公司，送給你的同事，或者是客戶！

推銷死亡的人

映竹：怎麼會買了這麼不合適的項鍊啊？要不要拿回去退？

秀珍：不用了，你別問那麼多。就是不適合我，不如把它當作人情送出去吧！

映竹：好，我知道了

秀珍：啊！

映竹：怎麼了？老婆？

秀珍：我頭又開始暈了，我先去睡了

映竹：看看妳在家都窩出病來了，今天的碗盤我來整理，妳快點上樓去休息！快點！

旁白：^{（加諸情緒）}這天晚上，于秀珍早早就入睡了，她知道映竹一定會把項鍊送給外遇對象，內心百感交集，想到這裡，于秀珍又吞了兩顆安眠藥，希望自己在睡夢中能忘記這一切

幕次 11. 內景　秀珍家　白天

△鑰匙聲

△開關門聲

映竹：（遠處）老婆，我去上班去囉！

秀珍：（OS、咬牙切齒）^{（懸疑）}這麼早又出去了⋯⋯八成是去找那個女人了

推銷死亡的人

△打開電視聲

秀珍：（奸詐）哼！果然又去找那女的！我這麼精明，居然那麼久都沒有發現他們的姦情，我就看妳這女人怎麼逃？等會兒只要映竹幫妳戴上那條項鍊，妳就死定了！

△（電視畫面）

映竹：寶貝，這項鍊送妳，來，我幫妳戴上
小三：啊，這、這好漂亮啊～
映竹：漂亮吧？

△電擊聲

小三：（淒厲慘叫）

秀珍：（狂放大笑）^{（緊張刺激）}報應、報應！給妳這女人一點教訓！（愣住）咦？她怎麼倒下了？（緊張）快叫救護車啊！映竹！你怎麼還不快叫救護車？（倒抽一口氣）映竹！你竟然丟下那個女的逃走了？

推銷死亡的人

△驚訝地呼吸聲

秀珍：（驚慌）怎麼辦，現在怎麼辦⋯⋯映竹⋯⋯他！

旁白：^{（氛圍）}這時候，于秀珍已經開始慌了，自己以前都不知道，映竹原來是這麼地心狠手辣，想不到在短時間之內，會讓于秀珍看到這麼恐怖的一幕。接下來的這幾天，于秀珍晚上總是睡得不安寧，她想知道這女人到底死了沒，更令于秀珍擔心的是，她越來越不認識自己的枕邊人了

幕次 12. 內景　秀珍家　白天
△收拾東西聲

映竹：老婆，公司今天突然派我去香港出差

秀珍：要去多久？

映竹：可能要三天吧

秀珍：三天啊？好吧，那你出門在外小心一點

映竹：嗯，如果事情能夠提早結束，我會早點回來

△關門聲

秀珍：（驚慌）^{（懸疑）}慘了，映竹他一定知道了。知道是我做的，這下可怎麼辦才好？

△門鈴聲

秀珍：啊！來、來了！

△開門聲

秀珍：是你？

謝政：是的，太太，我這次就不進門了，麻煩太太幫我把這份合約簽完，我就走

△接過紙張聲

秀珍：這是⋯⋯

謝政：（奸詐）相信您心裡應該也很清楚吧？您，殺了人──

秀珍：（恐懼）這⋯⋯

謝政：（奸詐）您用了那條項鍊，殺死了您老公的外遇對象，對吧？

秀珍：（恐懼）你⋯⋯你怎麼會知道！

謝政：^{（懸疑）}我就告訴您真相吧！其實我們根本不是什麼高科技公

推銷死亡的人

司，我們是專門幫人處理私人情感的公司，簡單來說，就是報仇公司

秀珍：（恐懼）報仇公司？

謝政：您家發生的事，^{（加諸情緒）}我們都透過終端機的監視系統看到了，對於您遭遇，我們深感同情。不過，這一切都是生意

秀珍：（恐懼）生意？什麼……生意？

謝政：（奸詐）太太，您的丈夫欺騙了您，但是現在，他反而要向您報復^{（懸疑）}，為了避免遺憾的事情發生，我們可以幫您處理掉您的老公。您不用擔心，我們的手法乾淨俐落，不會被任何人發現的

秀珍：（怒）^{（緊張刺激）}你在胡說什麼！我不會殺我老公的！

謝政：只要您簽下這份合約，我們就可以幫妳處理掉這個偽君子，讓妳得到這個家的所有財產！

秀珍：（怒）你……你們都瘋了，叫我殺掉我老公？你再不出去，我就要報警了！

謝政：太太，請您三思，只要我走了，您就再也連絡不到我囉～

秀珍：（怒）滾！快給我滾！

△用力關門聲
△秀珍驚恐哭泣聲

幕次 13. 內景　秀珍家　白天

△開電視聲

秀珍：（恐懼）謝……謝政？他怎麼跑去機場找我老公了^{（神秘詭譎）}？

老公！你在幹嘛！不要！你不要和謝謝政簽這個合約！^{（懸疑）}我

不相信！我老公他真的要殺我……換他要殺掉我了……因為我

殺掉他的女人跟孩子，他現在要謝政來殺掉我了！（恐懼）對了，

電話、電話！快打電話給謝謝政！

△撥打電話聲

秀珍：^{（緊張刺激）}快接啊！快接啊！（瘋狂吼叫）

△驚恐地砸東西聲

幕次 14. 內景　秀珍家　黃昏

△開門聲

推銷死亡的人

映竹：^{（單音低沈）}老婆、老婆，我回來了！老婆！秀珍？秀珍，妳

在哪兒啊？

秀珍：（遠處）我在廚房！有什麼事過來說！

映竹：我打電話回家妳都沒接，發生什麼事了？

△刀子插入聲

映竹：呃！^{（加諸情緒）}

秀珍：喝！

映竹：（痛苦）秀珍……

秀珍：是你、是你！是你先要殺我的……是你先要殺我的！

映竹：（快要斷氣）秀珍……

秀珍：（瘋狂亂吼）

幕次 15. 內景　秀珍家　白天

△警笛聲、群眾吵雜聲

警察：小周，還有發現什麼嗎？

鑑識：有個很奇怪的地方是，這電視後面被安裝了一臺錄放影機，

這幾個月以來，電視都在重複播放錄好的影像

警察：連續重複看了幾個月的錄影帶？真是奇怪……這太太真是瘋了，竟然殺死自己的老公，把她帶走吧！

秀珍：^{（悲傷）}是他要殺我、是他要先殺我……是他要殺我的……

（漸遠）

旁白：就這樣，于秀珍殺死了映竹，也賠上了自己的下半輩子。于秀珍永遠也不會知道，其實這一切都是幌子，從來就沒有什麼所謂的高科技眼鏡，項鍊也只是條普通項鍊罷了，于秀珍認為自己監視著映竹，卻沒想到被監視的人正是自己

幕次 16. 內景　謝政公司　白天

△辦公室環境，打字、影印聲

謝政：總經理，以上是這次的簡報

老總：嗯，不錯，報告得很好，這次專案就交給你了。（感嘆）映竹的死^{（緊張刺激）}，對公司的確是一大損失，還好有你在，謝政，你當了映竹那麼久的副手，相信你以後也會做得跟他一樣好的

謝政：我會努力的，畢竟——映竹，一直都是我的努力目標

推銷死亡的人

＝＝＝＝＝＝＝＝＝＝＝本集劇終＝＝＝＝＝＝＝＝＝＝＝

推銷死亡的人

收不到的家書

劇情大綱／

動亂的民國初期,章慶堂和妻子在小鎮做起茶水生意。有天郵差送來一封指名給「王大貴」的書信,他答應幫忙轉交,卻不小心忘了⋯⋯然而,第二次、第三次,隨著代表緊急的鵝毛增加,章慶堂為了不讓自己沒轉交書信的事情暴露,於是將其撕毀⋯⋯但他卻沒想到這個小小舉動,竟然造成了難以挽回的悲劇。

故事角色介紹／

角色	年齡	個性
章慶堂（男）	48	市儈、將本就利商人性格。
郵差（男）	32	勤奮、誠懇。
老人（男）	70	沉穩、地方耆老。
大帥（男）	60	威嚴、老粗性格。
小愣子（男）	32	忠誠、軍人性格。
章妻（女）	46	老闆娘。
旁白（女）	30	穩重客觀。

音樂備註／

一、 懸疑 suspense

二、 緊張刺激 tension

三、 單音低沈 drones

四、 氛圍 atmosphere

144

五、 夢幻 fantasy　　　　七、 悲傷 sad

六、 加諸情緒 emotional　　八、 神秘詭譎 quirky

幕次 1. 內景　茶館　白天

△茶館裡人潮交談聲

△開門聲

章慶堂：客倌們，請進！請進啊！

甲客：（吆喝聲）掌櫃的啊，俺點的東西怎麼還沒有來啊？

乙客：（吆喝聲）掌櫃的啊，我們餓死了！

章慶堂：（吆喝聲）客倌們，馬上來啊！

△馬蹄聲

△軍隊戰亂聲

旁白：^{（氛圍）}民國初年，軍閥割據戰亂不斷，整個社會動盪不安。

有個叫章慶堂的，帶著妻子，飄泊流浪到偏僻的小鎮周家庄，在

街口開了間小茶館，做起了茶水生意。漸漸的，這裡成為來往的

人們歇腳的地方，每天忙得熱火朝天。在這天下雨的午後，茶館

收不到的家書

來了個騎馬的陌生人

△雷雨聲

△茶館裡人潮交談聲

△馬蹄聲

△開門聲

章慶堂：這個人穿著綠色制服，馬背上還帶著一個綠色的大包裹，

看起來怪怪的

章妻：對啊，綠色的包裹還鼓鼓的，裡面到底裝些什麼東西啊？

章慶堂：之前在鎮上，從沒見過這人，我看八成是路過的商賈

郵差：欸，掌櫃的，我是郵差，就是送書信的，你們周家庄可有

個叫王大貴的？這兒有他一封書信！

△書信聲

章慶堂：喔！原來是送信的郵差啊！

章妻：怪不得，還穿制服，我還以為是誰呢！

章慶堂：好了、好了，妳別在哪抬槓了，欸，你說這書信要給誰

啊？

郵差：王大貴，書信上的地址是這樣寫的

章慶堂：王、大、貴，這名字好像從沒聽過啊！

章妻：對啊，我們在這做生意這麼久，好像真的沒聽過有王大貴這個人

郵差：掌櫃的，這樣好了。^{（氛圍）}因為我還要到別處去投遞書信，你這兒人來人往的，我看，就把這信交給你吧！你幫我問問看，再把這信帶給他，可好？

章慶堂：沒問題、沒問題，我一問到，馬上把這書信交給他

郵差：掌櫃的，那就先謝謝囉！

章慶堂：（客氣）哪裡、哪裡

旁白：章慶堂答應得乾脆，但郵差一走，他把那封書信隨手一放，就忙活自己的事兒去了。剛開始，他還打算打聽打聽，那個叫「王大貴」的到底住在哪裡，可幾個來回一忙，過了一個月後，章慶堂就把那封書信的事兒給忘了

幕次 2. 內景　茶館　白天

△蟬鳴聲

△茶館裡整理茶杯聲

△遠處馬蹄聲

章慶堂：欸？這馬蹄聲好熟悉的感覺……

章妻：對啊，好像在哪裡聽過，啊！是上個月那位郵差！

章慶堂：（緊張狀）^{（加諸情緒）}啊！慘了，上次他託我的那書信，我竟把它給忘了！

章妻：（緊張狀）慘了、慘了，等一下他如果問起，那可怎麼辦才好啊？

章慶堂：（緊張狀）就和他說，我們已經交給那叫王大貴的人了！

章妻：（緊張狀）好、好，就和他說，我們已經交給那叫王大貴的人了！

△開門聲

郵差：掌櫃的，好久不見！

章慶堂：郵差先生，好久不見，辛苦、辛苦，來先喝杯茶，歇歇腳

郵差：掌櫃的，上次託你遞交一封書信，你可及時給人家了？

章慶堂：（張口結舌）^{（單音低沈）}那、當、然！

郵差：掌櫃的，這偏僻的小鎮有時要找戶人家還真不容易啊，還好有你這熱心的人，不然啊！我還真不知，該怎麼辦才好

章妻：郵差先生，您太客氣了，轉交一封書信，這只是舉手之勞罷了！

章慶堂：郵差先生，那你今天路過此店，是有什麼特別的要事嗎？

收不到的家書

郵差：唉呀，這光聊天差點忘了正事了！

△書信聲

郵差：掌櫃的，這次還要拜託你！

旁白：^{（加諸情緒）}章慶堂接過書信，一看名字是王大貴，依稀記得上次也是這個人，他猛地才想起把人家託付的這事兒給忘了，那封信早就不知道扔到什麼地方去了，再一看，這次信封上還插著根鵝毛，心中更是百般疑惑

章慶堂：^{（懸疑）}郵差先生，為什麼，這信封上還插著根鵝毛？

郵差：這是封鵝毛信，就是有急事的意思，所以啊，你要儘快交給人家啊！

章慶堂：（疑惑）有急事，那你的意思是，這是一封緊急的書信？

郵差：是的，掌櫃，所以麻煩你要儘快交給人家啊！

章慶堂：好好好，你放心！

郵差：掌櫃的，那就先謝謝囉，我還要忙，我先告退了！

旁白：^{（氛圍）}在郵差離開之後，這次，章慶堂將書信放在顯眼位置，準備打聽一下那個叫王大貴的人，好把這書信，給人家送過去。但幾天後，茶館裡來了個客人

幕次 3. 內景　茶館　白天

△茶館裡人潮交談聲

△小孩的哭聲

甲客：（生氣）怎麼搞的，這誰家的小孩，隨地拉屎，弄得滿屋子都是臭味！

乙客：（生氣）掌櫃的啊，你這生意是怎麼做的啊，亂七八糟，髒死了！

章妻：唉呀，客倌真是不好意思，我馬上處裡！

旁白：^{（緊張刺激）}於是乎，章慶堂連忙鏟去小孩的糞便，他的妻子急忙想找張紙給小孩擦屁股，找了一圈沒找到，一眼看見那封插著鵝毛的書信，情急之下，哪知輕重，嘩啦一下將書信撕開，搓揉著，給小孩擦著屁股

章慶堂：（驚恐）妳這是在做什麼啊？那是郵差先生託付的鵝毛書信耶！

章妻：在周家庄都多少年了？也沒聽說過有王大貴這個人。周家庄基本上都是周姓，外姓很少，說不定真的是那郵差送錯了啊！

旁白：^{（氛圍）}章慶堂聽了老婆這麼一說，心裡稍稍安定了些，剛開始幾天，還有些心神不安，但日子一久，就沒當回事了。轉眼間，幾個月又過去了，郵差再度來到這個小茶館

幕次 4. 內景　茶館　白天

△遠處馬蹄聲

△開門聲

章慶堂：唉呀，郵差先生真是稀客啊，來來來，喝杯茶歇歇腳

郵差：掌櫃的，謝了、謝了，我今天就不喝茶了，我有急事要辦！

章慶堂：什麼急事要辦啊！

郵差：喏，你看！

章慶堂：（驚恐）^{（懸疑）}三根鵝毛的書信，是那個叫王大貴的嗎？

郵差：沒錯，這可是一封很重要的書信，你知道這王大貴住在什麼地方嗎？給我指一下路，我親自上門去送這書信給他！

旁白：^{（單音低沈）}章慶堂一聽，傻眼了。他到現在也不知道王大貴是何許人也，這就不要露餡了嗎？此時，章慶堂腦袋轉得很快，眼睛一眨，就有了主意

章慶堂：哎呀，真不巧，這王大貴不在家啊！還是我替你交給他吧，我都替你交過兩封信了，你還信不過我嗎？

郵差：（遲疑）信得過，信得過，當然信得過啊！那就有勞掌櫃的了！

章慶堂：沒問題

收不到的家書

旁白：^{（氛圍）}接下來幾天，章慶堂非常認真地去打聽這個叫王大貴的人，可打聽來打聽去，竟然沒有誰知道這個王大貴的下落。章慶堂不死心，又跑到周邊去打聽了一番，還是沒人知道王大貴這個人

章慶堂：（OS）^{（神秘詭譎）}這八成是郵差弄錯了，咱們周家庄壓根就沒有王大貴這個人，但我已經對郵差撒過謊了，此時再跟他說周家庄沒這個人，那麼別人就要說我人品有問題，今後還怎麼樣在周家庄做生意呢？欸？既然這鵝毛書信這麼棘手，不如，來個神不知、鬼不覺把信撕個粉碎，放把火燒了吧

△撕紙聲
△燒紙聲

旁白：自從章慶堂將那書信撕個粉碎，放把火燒了之後，郵差再也沒出現過，這事讓章慶堂更加堅信，周家庄壓根就沒有王大貴這人，然而，兩個月後的一個清晨，不尋常的事發生了

幕次 5. 內景　茶館　白天
△軍隊馬蹄聲飛奔而過
△軍隊人聲

收不到的家書

甲客：我們周家庄，我印象中好像沒有從軍的子弟呀，奇怪，這群軍隊往後山飛奔而去，是要去哪？

乙客：（緊張）看他們緊張的樣子，好像是在逃難喔，會不會仗已經打到這裡來啊！

老人：欸，我看那個騎馬拿長槍的，有點兒像住後山王瞎子的兒子——小愣子呢？

章慶堂：（疑惑）後山王瞎子是誰？

老人：^{（加諸情緒）}這王瞎子啊，原來常來周家庄的，周家庄不少上了歲數的人都認識他。他一個人要獨自拉拔一個小孩，那小孩挺愣的，大家都喚他小愣子。後來他們父子 倆卻因為一件瑣事鬧僵了，小愣子便跑了，一去就是七八年

章慶堂：什麼！小愣子離家出走，一去就是七八年！

老人：沒錯，王瞎子怎麼也找不到兒子，以為兒子死了，又傷心、又懊惱，眼淚哭乾了，眼睛也瞎了，從此之後也不來周家庄了，周家庄的人也漸漸地把他忘了

章慶堂：難道小愣子當了兵？他是回來看爹的？

老人：（嘆氣）唉！誰知道呢？

△軍隊馬蹄聲飛奔而過

△軍隊人聲

收不到的家書

甲客：（緊張）欸，軍隊好像又回來了耶！

乙客：（緊張）會不會打仗啦？真的已經打到這裡來啊？

△開門聲

大帥：（遠處）掌櫃的，茶水伺候！

章慶堂：（唯唯諾諾）是是是！

旁白：（懸疑）此時，章慶堂連忙沏了上好的茶水，畢恭畢敬地雙手奉上。 高大的大帥一隻腳踩在這條凳上，手捏著茶碗的邊沿，咕嘟咕嘟喝著茶。一會兒，幾個當兵的拉著一個人過來了，這人被五花大綁著，嘴角流著鮮血，衣服上有著斑斑血跡，顯然是剛被打過的。 那老者定睛打量著這人，不禁大吃一驚，

老人：（驚恐）這不是小愣子嗎！

△摔杯聲

大帥：（憤怒）你這混蛋，雙方激戰，相持不下，你身為營長，卻帶著幾個人臨陣脫逃！你這一跑，動搖了軍心，導致使我軍潰敗，我豈能饒你！

△摔杯聲

小愣子：大帥，我跟你這麼多年，我知道我犯了死罪，我認罪。

只是大帥不知，^{（悲傷）}我與老父親一別七八年，置身這場大戰，隨

時都有可能送命，格外想念起父親來

大帥：想念你父親，可以寫信啊！

小愣子：可我一連寫了三封信，卻都音信全無！

章慶堂：（OS）原來，郵差託我遞交的三封書信，是小愣子寫給他

爹的！古人說「烽火連三月，家書抵萬金」，我竟然將小愣子的三

封信輕易糟踐了……

小愣子：大帥，我死之後，只盼大帥看在我跟你多年的份上，照

顧我的老父。我老父就住在後山，人稱王瞎子，大名——王、大、

貴！

旁白：大帥聽完小愣子的話後，大手一揮，幾個士兵就推著小愣

子走了，接著就聽見「砰砰」幾聲槍響……大帥的部隊走後，章

慶堂帶著妻子，把小愣子埋了。後來，周家庄就再也沒有見到章

慶堂夫妻，茶館也歇業了。誰也說不清楚章慶堂好好的生意為何

不做了，更沒人知道章慶堂夫妻上哪兒去了……

==========本集劇終==========

收不到的家書

無名女屍

劇情大綱／

宋任與郭峰兩位警察正在偵查贓車一案時，獲報有一樁無名女屍
案，到場一看才發現是前一天偵查時所遇的一名女子，經過兩人
的抽絲剝繭，逐漸將更多線索找了出來，在發現孫建軍和王翔這
兩名嫌疑犯後，卻一直找不到有力的證據突破謎團，到底真相如
何？宋任與郭峰，又是否能順利將兇嫌歸捕到案呢？

故事角色介紹／

角色	年齡	個性
宋任（男）	40	沉穩、耿直、成熟的隊長風範。
郭峰（男）	25	菜鳥警官、熱血正義。
孫建軍（男）	64	老奸巨猾。
王翔（男）	32	痞子、輕浮。
林秋（女）	35	風騷、神秘。
旁白（女）	30	穩重客觀。

音樂備註／

一、 懸疑 suspense

二、 緊張刺激 tension

三、 單音低沈 drones

四、 氛圍 atmosphere

五、 夢幻 fantasy

六、 加諸情緒 emotional

七、 悲傷 sad

八、 神秘詭譎 quirky

幕次 1. 外景　街道　白天

△街道邊環境音

△警笛聲

郭峰：陳飛這傢伙，今天無論如何一定要將他逮捕歸案！

宋任：小子，耐住性子，夜晚還長著呢

郭峰：組長，要來根菸嗎？

宋任：不用了，你菸還是少抽點，免得誤事

△高跟鞋聲

林秋：^{（懸疑）}帥哥，借個火～

郭峰：沒問題，來我幫你！

郭峰：那個，組長啊，我可不可以開個小差，過去跟她要個 line ？

宋任：你小子還是省省吧，小心紅顏禍水，呵

幕次 2. 內景　警局辦公室　白天

△辦公室環境音

△接電話

無名女屍

宋任：我是宋任，哪裡找？

警員：（電話聲）組長，在城郊的一個小河邊，發現了一具無名女

屍^{（緊張刺激）}

宋任：什麼！趕快調派鑑識小隊過去，我等會兒就到

△掛電話聲

△腳步聲

△開門聲

宋任：郭峰走啦，有急事要辦！

郭峰：欸？組長，有什麼事這麼急啊！

宋任：剛剛有人通報，在城郊的河邊，發現了一具無名女屍，你

趕快收拾好東西，該出發了。走！

郭峰：欸？組長！什麼嘛，這小子陳飛，都還沒抓到，居然現在

又出現一具女屍，可真是忙死了！

幕次 3. 外景　河邊　白天

△人群圍觀環境音

△警笛聲

△開車門聲

無名女屍

郭峰：哇！這陣仗還真是大啊！

宋任：不要讓圍觀的人群越聚越多，趕快去疏散他們

△擠過人群聲

郭峰：不好意思、不好意思，借過一下，各位，讓我們警方方便

辦案，請各位盡速離開啊！

△走路聲漸遠

郭峰：呼，終於走了……欸欸！組長，你也等等我啊！

△走路聲

郭峰：組長，下次走慢點嘛，只不過是個女……（疑惑）^{（懸疑）}欸！

她不是^{（緊張刺激）}？

宋任：她是上次在中山街上找你借火的紅衣女人

郭峰：（驚恐）這紅色洋裝……果然是她……怎麼會？

宋任：這裡這麼偏僻，她一個女人應該不可能獨自來到這裡，從

她蜷曲的身體來看……應該是在城裡被殺之後，再載到這裡來棄

無名女屍

屍的

宋任：（命令）好了，聯繫交通組，把這附近所有的監視器畫面都
調出來看一遍有沒有可疑人物，另外找一下這附近有沒有目擊證
人

警員：是！組長！ ^{（緊張刺激）}

幕次 4. 內景　警局辦公室　夜晚

△辦公室環境音

△電腦鍵盤聲

郭峰：組長，我已經查到那名女人的身分了，這女人名叫林秋，
是一個平面模特，今年年初剛結婚

宋任：（疑惑）已經嫁為人婦，深夜卻還在大街上遊蕩，肯定不是
個賢妻良母。欸？他老公是什麼來頭？

△電腦鍵盤聲

郭峰：^{（單音低沈）}她的老公名叫孫建軍，在市中心醫院當主任醫師，

但是長相嘛，配上林秋，感覺就不太合適就是了，^{（緊張刺激）}估計

無名女屍

一定是看上孫建軍的錢

宋任：去把孫建軍找來

幕次 5. 內景　警局　白天

旁白：^{（氛圍）}於是，郭峰請了人將孫建軍找來，宋任一看到他，果然就如郭峰所描述的一樣，孫建軍外貌其貌不揚，加上長期熬夜工作，讓臉看起來比實際年齡還要老，跟林秋走在一起，就像是對老夫少妻

△坐下椅子聲

△辦公室環境音

△電腦鍵盤聲

宋任：孫先生，很抱歉，這麼晚了還把你找來

建軍：沒關係，我也想要釐清，這到底是怎麼一回事啊

宋任：我們警方的確想要釐清一些問題，請問，你們夫妻關係如何？

建軍：宋警官，您覺得我們倆不配是吧^{（單音低沈）}？但事實上，我們夫妻關係很好的

宋任：那你的妻子深夜未歸，一整晚不見人影，你不擔心嗎？

無名女屍

建軍：（嘆氣）唉！畢竟她還年輕，比較愛玩，常常跟朋友們出去
夜店，我也是見怪不怪了

△開門聲

郭峰：組長，找到目擊證人了^{（緊張刺激）}

宋任：好！那麼先備車，我等會兒就到

宋任：孫先生，謝謝你的配合，如果有什麼消息，也請你務必與
我們警方聯絡^{（單音低沈）}

幕次 6. 外景　警衛值班室　白天

△河堤邊環境音

△敲窗聲

警衛：警官你好

宋任：聽說你有線索可以提供給警方？

警衛：對，那天晚上，我值夜班的時候，看到有個小夥子開著車
在路口，不知道要往哪兒走，所以我就給他指了指路

宋任：老先生，你還記得是幾點的時候嗎？

警衛：大概是半夜 1 點左右 ^{（懸疑）}

宋任：這裡是到城裡的必經之路，依照時間來推算，從死者被載到這裡也差不多 1 點左右了

郭峰：老先生，那您有印象那個人長得什麼樣子嗎？

警衛：這你可問倒我了，那小夥子戴著一頂棒球帽還有口罩，我還真的看不清啊！ ^{（單音低沈）}

郭峰：（沮喪）唉，這下子……

警衛：不過我看，那小夥子長的還挺高的，大概一米八 ^{（神秘詭譎）}

宋任：除了身高，還有沒有什麼特徵？

警衛：這……還有，看他的腳走路走的有點兒怪，倒也不是腳受傷的樣子，比較像是穿了不太合腳的鞋在走路，走的步履蹣跚的

宋任：（疑惑）身高一米八……腳還不太靈活……那您知道他開的是什麼車嗎？

警衛：他開著一輛白色奧迪，還挺新的，在這兒不太常見，所以記得特別清楚！

宋任：那好，郭峰，趕緊把那輛車給我搜出來 ^{（緊張刺激）}

△打電話聲

郭峰：喂，我是郭峰，幫我聯繫交通組，調出河堤這附近的監視

無名女屍

錄影帶，看看有沒有一臺白色奧迪的蹤影，嗯，謝謝啊！

幕次 7. 內景　警局辦公室　白天

△辦公室環境音

△腳步移動聲

宋任：交通組那邊，有沒有什麼進展？

郭峰：有啊，組長，正想跟你說呢！

郭峰：^{（氛圍）}當天的確有一臺白色奧迪經過，不過我剛剛比對了那臺車的車牌號碼，是一臺贓車，但早就在一個多月前，車主就報失了。對了，組長，上次聽那老伯說，嫌犯是個身高一米八的人嗎？

宋任：所以呢？你有什麼發現嗎？

郭峰：我查了一下林秋的交友狀況，可複雜了，不過其中值得注意的是，有一個跟林秋很曖昧的對象，叫王翔，身高剛好一米八（緊張刺激）！

宋任：小子，可真有你的

△踱步思考

無名女屍

164

宋任：好！現在就立刻去找那個王翔！

郭峰：Yes Sir！

幕次 8. 內景　警局　白天

△開門聲

△辦公室環境音

△坐下椅子聲

宋任：你就是王翔？

王翔：（流氓）我是，怎樣？有事嗎？（氛圍）

郭峰：欸欸欸，你這麼說話是什麼態度啊！

宋任：郭峰，我們是來問話的，別忘了。王翔，我問你，你前天的晚上十點到凌晨 2 點，人在哪裡？

王翔：前天的事我還真的記不住，但是從凌晨 1 點到 5 點我幾乎都在夜店，不甘我的事吧，警官？

宋任：你知不知道，在林秋身邊的男生，有身高也是一米八左右的嗎？

王翔：這我可不清楚，但我知道的是，她可不止，我一個男朋友（懸疑）

宋任：那最近有沒有聽林秋講起其他男人的事？

無名女屍

王翔：警官，她在我身邊的時間都那麼少了，我也沒興趣，聽她講她其他男人的故事，好嗎？

宋任：好吧，今天打擾你了，不過，如果有其他的消息，請你一定要通報給我們知道

王翔：（不耐煩）好呀好呀，一定會的，警官大人

△關門聲

郭峰：組長，你就這麼放他走？

宋任：你剛有沒有發現^{（緊張刺激）}，他走路時腿上明顯沒有腳傷，也沒有一拐一拐的，照理來說，他應該不會是口罩男

宋任：不過，還是得繼續盯緊他，我總覺得，他也脫不了關係

郭峰：嗯，我會好好盯著他

△電話響
△接起手機

郭峰：我是郭峰。什麼，真的嗎？太好了，謝謝你啊！

△掛電話

郭峰：組長，好消息啊，那輛贓車找到了^{（緊張刺激）}，現在在廢棄

的回收場

宋任：那好，先過去看一下車子的情況

幕次 9. 外景　修車場　黃昏

△修車場環境音

△拉鐵門聲

△車子鈑金聲音

郭峰：唉唷……這車還挺新的，還有這車牌，應該就是這臺沒錯

了

△升降機臺聲

郭峰：哇，這車子真不是普通的好耶，被偷不是沒道理的

宋任：你說什麼啊，認真點

郭峰：好啦組長，開開玩笑……欸角落那是？

宋任：我看看

郭峰：這……這不是火柴盒嗎^{（懸疑）}？

宋任：沒錯，而且上面還沾了點血跡，車廂裡也是

無名女屍

郭峰：唉呀！真是大突破啊！可是，這火柴盒上的 HH 是什麼意思啊？

宋任：這我也不知道，不管怎麼樣，都是一個新發現

郭峰：對了，組長，今天早上社會組那邊來了消息，說最近常常看見孫建軍和王翔在東豐街的修車廠出沒 ^{（緊張刺激）}

宋任：哦？在修車廠出沒？奇怪，他們兩個去修車廠幹嘛？

郭峰：不如我們過去看看，看能不能發現什麼可疑的線索

宋任：好，既然如此，就去看看，順便在附近布署一些警力以防萬一

郭峰：Yes Sir！

幕次 10. 外景　修車場　黃昏

△修車廠環境音

△鐵捲門上捲聲

建軍：你這傢伙，你來幹什麼 ^{（氛圍）}？

王翔：我是來修車的，我今天不是要來和你吵架的，孫建軍，你不要太過分喔！

△兩邊拉扯聲

無名女屍

建軍：你說我過分？你這傢伙就是不安好心，我看啊，林秋就是

你殺死的！

王翔：哼！依我看啊，你也好不到哪裡去

建軍：你說什麼！想打架是不是！

△互相拉扯挑釁聲

宋任：差不多了，現在過去將他們分開

郭峰：好了好了，不要打了！你們到底鬧夠了沒有啊！

宋任：這裡太吵了，走^{（緊張刺激）}，你們兩個跟我到旁邊的偵防車

去，別在這兒鬧

幕次 11. 內景　偵防車　黃昏
△進入偵防車聲

宋任：你們兩個，我已經徹底查過了，都不是什麼好東西

宋任：^{（懸疑）}先說你，孫建軍。我們查過了，結婚之後，你就一直

想要個孩子，但林秋以前玩得太兇，墮過幾次胎，失去了生育能

力。你一直想離婚，但婚前卻沒做財產公證。你名下有三套房，

無名女屍

市價超過三千萬，如果離婚，就得分給林秋一千五百萬的財產，

這個殺人動機，聽起來是不是很充分啊？

建軍：欸警官，你可不要含血噴人啊^{（緊張刺激）}！

宋任：那你說，那天晚上的十點到凌晨兩點你在哪？

建軍：這後半夜我不敢說有證人，但是十點到十二點我是乖乖地

在醫院上班，你可以去問醫院護士，她們可以作證

王翔：孫建軍，你就別再囉哩八唆了，直接承認不就得了嗎？

宋任：^{（單音低沈）}王翔，別以為沒你的事，我們查到你每個月，都

會固定匯錢到林秋的銀行帳戶。其實，除了林秋，你跟不少女人

都有染，其中不乏有夫之婦。是不是林秋以此威脅你，讓你給錢

吶？

王翔：那是又怎樣？警官，你別忘了，我也有不在場的證明啊

宋任：你們別以為有不在場證明，就可以肆無忌憚，不然我早就

把你們全抓了

王翔：我也沒空在這裡跟你們瞎忙，要找線索你們就慢慢地找，

在下不奉陪囉！

△打開車門聲

王翔：要認真點找喔～^{（單音低沈）}

郭峰：怯，這渾蛋

宋任：別理他，等查明真相再來看看他，還笑不笑的出來！

△離開偵防車重回修車廠

宋任：郭峰，你看這個

郭峰：欸？組長，這不是那個火柴盒的標誌嘛 ^{（懸疑）}

宋任：這火柴盒我查過了，這是皇后酒店的火柴盒，因為林秋本

來就有抽菸的習慣，或許這火柴盒是他從皇后酒店一起帶出來的，

我們去那裡看看，說不定可以發現什麼新的線索 ^{（緊張刺激）}

郭峰：嗯，好主意！

幕次 12. 內景　皇后酒店　黃昏

△電梯開門聲

△飯店環境音

郭峰：唉唷……這就是皇后酒店啊？這可真大

宋任：別大驚小怪，我們是來查案的

△兩人走路腳步聲

無名女屍

前臺：歡迎蒞臨皇后酒店，兩位入住嗎？

郭峰：我們是警察，來查案的

宋任：請問你有沒有看過這女人？

前臺：當然有啊，^{（懸疑）}我記得很清楚，穿的那麼漂亮，一看就知

道是約了男人，還是野男人～

宋任：那男人長怎樣？還記得嗎？

前臺：怎麼可能記得，來這裡都是來幽會的，哪會男女一起來？

宋任：方便我們借個監視器看一下嗎？

前臺：我去問問經理，你們稍等一下啊^{（緊張刺激）}

幕次 13. 內景　監控室　黃昏

△小房間環境音

△開門聲

前臺：兩位警官請跟我來

△操作錄影機

前臺：喏，這就是那晚錄下的畫面

無名女屍

△快轉播放聲

宋任：欸等一下！就停在這個畫面上

郭峰：組長^{（懸疑）}，這人帶棒球帽跟口罩，身高也差不多，該不會

就是嫌犯了吧？

宋任：看起來是這樣，把畫面倒回去，再仔細看一下

△回放帶子聲

宋任：你看，他走路明顯沒有奇怪的地方

△帶子停下聲

郭峰：（疑惑）他不是嫌犯，那會是誰呢？

宋任：也可能是在運屍過程中受傷的也不一定，總之這個人一定

要找到他是誰

△摸摸手表

宋任：欸？我的表怎麼停了，現在幾點啦？

無名女屍

郭峰：快要兩點了

前臺：不好意思，兩位警官我不能再陪你們了，我要去跟我同事

換班了，他在等我換班，他今天家裡有事，急著下班呢

郭峰：喔，謝謝你哦！

宋任：（疑惑）^{（單音低沈）}同事換班……？

郭峰：組長，怎麼了嗎，你不准服務生去換班嗎？

宋任：（興奮）郭峰，我找到答案了，走，我們回警局^{（緊張刺激）}！

幕次 14. 內景　警局　夜晚

△辦公室環境音

△椅子坐下聲

宋任：你們兩個給我坐好

郭峰：組長怎麼啦？突然又要我找他們兩個？

王翔：警官，這次又是什麼突發奇想，要我幫忙指認誰嗎^{（懸疑）}？

建軍：你這傢伙，說什麼啊你！

宋任：你們兩個，真的，真的太會演了^{（氛圍）}。今天找你們來，是

因為我知道誰是兇手了

王翔：唉唷喂警官啊，您這說的，我們在演什麼？我可是有不在

場證明的

宋任：沒錯，看上去呢，你們倆都有不在場證明。但我們分開來看，十點到十二點，是死者被毒殺的時間，算作上半場；十二點到凌晨 2 點，是運屍的時間，算作下半場。孫建軍，你沒有下半場的不在場證明；而王翔呢，你沒有上半場的不在場證明

建軍：^{（懸疑）}這不對啊，警官，這種傢伙，我怎麼可能跟他合謀呢？

宋任：就是因為你們演技不錯，一直都裝出水火不容的樣子，這正是你們的高明之處

王翔：警官，這一切都也只是你的推論，證據呢？

宋任：你等著，你馬上就會看到了。帶他進來^{（單音低沈）}！

△開門聲

△手銬聲

建軍：你？！

宋任：就是他，盜車集團的首腦，陳飛。陳飛，你說，是不是他們兩個找你買贓車的？

陳飛：是那個高個子

△推開椅子站起聲

無名女屍

王翔：（生氣）你這傢伙在胡說什麼！

郭峰：警察局是你能亂來的嗎？你給我坐好！

王翔：是我買了車又如何？是孫建軍這傢伙給我毒藥，要我毒死林秋的

建軍：（生氣）你？你？！

郭峰：不對啊，那河邊那老頭看到的第三個人……又是怎麼回事？

宋任：我來講吧^{（氛圍）}，當晚十點到十二點，王翔假裝約林秋幽會，毒殺了她，然後把屍體裝進後車廂，開到了指定的地方，接著去夜店，製造不在場證明；而孫建軍下班後，取了車直奔棄屍地點。而被老頭和服務員目擊，也是事前鋪陳好的，為的是虛構出第三個人來。我說的沒錯吧？

郭峰：組長，我怎麼還是聽不懂啊，兩個人怎麼突然又多了第三個人呐？他的腳走起路來一拐一拐的，又應該怎麼解釋？

宋任：很簡單啊^{（懸疑）}，孫建軍不到 170 公分，而王翔身高 180 公分，要聯合起來扮同一個人不穿幫，必須抹平身高差距。我想那天晚上，孫建軍應該穿了增高鞋，而他穿不慣增高鞋，所以才顯得腳走路不方便

郭峰：噢……所以，服務生看到的是王翔，而老頭子看到的是孫建軍囉？

宋任：沒錯，你終於懂了

郭峰：唉呀！好屬害啊！組長，這推理太精采了

△上手銬聲

宋任：大醫生，救人有恩，但殺人可是要還的^{（緊張刺激）}

郭峰：好啦！兩位，推理結束了！

幕次十五. 內景　警局辦公室　白天

△打字聲

△電話鈴響

△接電話聲

宋任：我是宋任，哪裡找？

警察：（電話聲）^{（緊張刺激）}組長，在城郊的一個小河邊，發現了一

具無名女屍

宋任：什麼？！

＝＝＝＝＝＝＝＝＝＝本集劇終＝＝＝＝＝＝＝＝＝＝

無名女屍

古燈裡的女子

劇情大綱／

周文舉是個沒沒無名的作家，一直沒什麼名氣。總覺得自己懷才不遇，時常抑鬱寡歡，總是夜夜買醉，藉酒澆愁。某天傍晚，周文舉在地攤上買了一盞青銅古燈。 回家後，周文舉正喝得暈暈乎乎，突然，他想起了那盞燈，想用火點燃。奇怪的是，那盞燈怎麼點都點不亮……

故事角色介紹／

角色	年齡	個性
周文舉（男）	28	懷才不遇，怨天尤人。
楊柳（女）	25	任勞任怨、專情、願為愛人犧牲。
燈仙（女）	500	魅惑、癡情女子。
旁白（女）	30	穩重客觀。

音樂備註／

一、 懸疑 suspense

二、 緊張刺激 tension

三、 單音低沈 drones

四、 氛圍 atmosphere

五、 夢幻 fantasy

六、 加諸情緒 emotional

七、 悲傷 sad

八、 神秘詭譎 quirky

幕次 1. 外景　市集　夜晚

△夜晚背景聲

△路邊人潮聲

△攤販叫賣聲

攤販：來喔，來喔，清朝的鼻煙壺，保證貨真價實

攤販：來喔，來喔，上好的古燈，走過路過千萬別錯過啊

文舉：（醉暈狀）啊～什麼名氣、錢財的，我可一點都不稀罕，我可是大名鼎鼎的周文舉，我才不在乎這些

攤販：老闆老闆，過來看看嗎？我這古燈絕對是貨真價實！你看看，這貨色多好啊！

文舉：（醉暈狀）啊！古燈是吧！

攤販：是、是，老闆，你看看，你瞧瞧

文舉：（醉暈狀）老闆，你這古燈要賣多少錢啊！

攤販：老闆這盞古燈已經有五百年了，算是我這邊古物的極品啊，你可不能錯過！

文舉：（醉暈狀）管它是五百年五千年的，這盞古燈，我買了！

△付錢聲

古燈裡的女子

旁白：^{（懸疑）}周文舉是個網路作家，沒什麼名氣，在作家界也是鮮為人知。漸漸地，開始有些抑鬱不得志，所以總是夜夜買醉。這天傍晚，周文舉依舊是喝到失了魂似的胡言亂語。完全忘記自己是靠女友資助過日子的，竟然在地攤花了一萬塊，買了一盞不起眼的青銅古燈回家

△鑰匙聲
△開門聲
△跌坐椅子聲
△古燈滾落地聲

文舉：（嫌惡）欸，連你都要跟我作對是嗎！

△擦火柴聲

文舉：奇怪，這燈怎麼點都點不亮，嘖！

△古燈摔落
△古燈來回滾動聲
△仙女出現音效

古燈裡的女子

文舉：（驚恐）是什麼聲音？（神秘詭譎）

旁白：周文舉抬起頭，只見桌邊站著一個長袖飄飄、雙目流波的古裝女子

燈仙：周郎，你讓奴家好生掛念呀！

文舉：（狐疑）你、你……你是哪位啊？

燈仙：（含淚）周郎，你不記得奴家了？唉，周郎，畢竟我們一別就是五百年

△倒酒入杯聲

燈仙：來，周郎，奴家與你對飲吧！

旁白：這天晚上，兩人你來我往，喝得忘乎所以。突然，女子輕啟朱唇，咬住了周文舉的一根手指。隱隱地，周文舉覺得有一絲疼痛，便昏昏沉沉地睡去了

幕次 2. 內景　周文舉家　白天

旁白：第二天醒來，周文舉只覺得自己做了一場夢。這時，女友楊柳來了，她皺了皺眉，一邊收拾周文舉昨晚的爛攤子

△鑰匙聲

古燈裡的女子

△開門聲

△收拾聲

楊柳：你怎麼又喝醉了？

文舉：（不以為然）最近，我正在寫一部電影劇本，肯定能賺大錢！
你不知道嘛，喝酒才有靈感哪！

楊柳：（無奈）你這樣整天窩在家裡也不是辦法，或許，你也可以
嘗試一下別的工作看看呀！

文舉：（生氣）妳是不是看不起我？（單音低沈）覺得我沒本事，好
啊！既然這樣，我們就分手啊！

楊柳：對不起對不起！我沒有那個意思，我只是不希望你每天這
麼辛苦

旁白：（神秘詭譎）突然之間，周文舉覺得楊柳並不適合自己。他心
中的伴侶是，不食人間煙火的，就像昨晚夢中的那個古裝女子，
在夢中，女子說過，她就住在這盞燈裡，身體不能離開燈一丈。
倘若燈沒了，她就不能出現了

楊柳：咦，這盞燈哪裡來的？好特別喔！

文舉：昨天晚上，在地攤上買的！

楊柳：古玩啊？還是頭一次見到大漏的古玩！不如我明天帶去給
專家鑑定看看吧！

文舉：（疑惑）^{（懸疑）}大漏的古玩？

楊柳：是非常稀有的古物，給專家鑑定看看？是真是假呀！

△搶走古燈聲

文舉：不行！絕對不行！

楊柳：緊張什麼，只是鑑定看看又不會怎樣，那我把它拍下來，

總可以吧？

△照相喀擦聲

旁白：就這樣，接下來的幾天，每到凌晨時分，古燈裡的女子便

會出現。兩人一邊喝酒，一邊聊天。等到周文舉喝到興奮時，女

子便會咬住他的手指，將他扶上床

幕次 3. 內景　周文舉家　白天

△鑰匙聲

△開門聲

古燈裡的女子

楊柳：（高興）親愛的，你這次可真的撿了一個大漏！我找專家鑑定過了，這盞古燈可能是明朝的東西！^{（神秘詭譎）}哈哈！太好了，你再也不用這麼辛苦寫什麼劇本了！

文舉：（嚴肅）楊柳，我鄭重告訴妳喔，這盞古燈我是絕對不會賣的！

楊柳：（無奈）好好好，隨便你，你最好以後不要後悔

楊柳：欸？你怎麼了？才幾天不見，臉色怎麼變得那麼蒼白？唉呦，家裡怎麼那麼昏暗，大白天的，窗簾怎麼不拉開呢？

△拉開窗簾聲

文舉：好刺眼，妳快把窗簾拉上！

△收起窗簾聲

楊柳：你是不是熬夜太累了？多久沒洗澡了？為什麼你滿身都是白灰啊？

文舉：楊柳，我好累喔，我再睡一下，不要吵我，好嗎？

旁白：就這樣^{（懸疑）}，楊柳看著周文舉再次睡著，她坐到電腦前，打開了周文舉的電影劇本。發現周文舉居然一個字也沒寫。楊柳越想越覺得奇怪，她知道，古玩出土的時間越久遠，上面附著的

古燈裡的女子

靈氣就越重。想起這幾天，周文舉身體出現的異樣，楊柳更加確定了自己的猜測

幕次 4. 外景　七星山　夜晚

△擦火柴聲

△古燈落地聲

△仙女出現音效

燈仙：哎呦^{（加諸情緒）}，今晚的月兒，可真圓吶！

楊柳：啊！你是誰啊！

燈仙：我可是明朝峨嵋山的燈仙，我在這古燈裡，已經苦等我愛人五百年了！

楊柳：（懇求）燈仙，求你別傷害我的愛人！

燈仙：（慘笑）你的愛人？他可是我五百年前的情郎。好不容易，今生我與他相遇，怎麼能如此輕易就分開？（哀怨）這五百年來，我被困在這古燈中，每天苦不堪言！妳知道妳為何點不亮這盞燈嗎？因為我哭了五百年，淚水浸透了燈盞，任何燈油都無濟於事！

楊柳：燈仙，我不管前世，只要今生。你要怎樣才肯放過我的愛人？

古燈裡的女子

燈仙：唉，問世間情為何物，直教人生死相許……既然你這麼癡情，我就成全你。每晚子時，妳將妳的手指放進燈盞，倘若你能堅持七天，我就把周郎還給妳！

楊柳：（肯定）只要你肯放過我的愛人，保證從今以後不再打擾我們，你要我做什麼，我都願意做！

△仙女消失音效

楊柳：（停頓）哪？人呢？

旁白：^{（氛圍）}就在燈仙消失後，楊柳又恭敬地拜了三拜，收起古燈，離開了七星山。之後的一個星期，楊柳都寄宿在山下的旅店，她將古燈放在床頭，每晚子時，就把手指伸了進去。在寂靜的夜裡，古燈似乎長出了一個嘴巴，貪婪地吮吸著楊柳的手指、楊柳的血液。過了片刻，古燈停止了吮吸，楊柳便沉沉地睡去

旁白：就這樣，楊柳天天窩在旅店裡，每晚子時，就用手指的鮮血餵古燈。慢慢地，楊柳越來越虛弱，臉色也越來越蒼白

旁白：到了第七天中午，楊柳頭突然一陣暈炫，倒在地上。慶幸的是，店老闆聽見了動靜，趕緊將她送去了醫院，透過楊柳的手機通知了周文舉

古燈裡的女子

幕次 5. 內景　醫院　白天

△醫院環境音

文舉：護士小姐，請問有沒有一位病患叫楊柳？

護士：嗯，我查一下……有，半小時前剛到院^{（悲傷）}，在 805 病房，

前面直走右轉。

旁白：聽了護士話後，周文舉飛奔至病房，周文舉看著楊柳虛弱

地躺在病床上，那盞古燈就放在床頭。剎那間，周文舉想起了兩

人的幸福時光

△醫院心電圖聲

文舉：護士小姐，請問她是生了什麼病啊？

護士：她可能因為失血過多，目前處於昏迷的狀態，而且她兩眼

怕光，奇怪的是，她身上怎麼會有這麼多白色的粉末，醫生也查

不出那是什麼東西

文舉：真是謝謝你，謝謝！

文舉：親愛的^{（悲傷）}，你快醒過來，從今以後，我什麼都聽你的！

旁白：從那刻起，周文舉才明白，楊柳在他的心目當中，是那麼

重要。那天，楊柳帶著古燈走了，他以為，永遠再也見不到楊柳

了

古燈裡的女子

楊柳：（虛弱）親愛的！

文舉：楊柳！妳終於醒了，妳終於醒了！^{（夢幻）}謝天謝地，楊柳，現在還有沒有哪裡不舒服？

楊柳：（虛弱）親愛的，剛才，我夢見我嫁給你了！

文舉：（哽咽感動）嗚嗚嗚……好、好！你一出院，我們就結婚！

楊柳：真的嘛？我想在七星山辦一場古代的婚禮！

幕次 6. 內景　周文舉家　夜晚

△古代婚禮音樂

△鞭炮聲

旁白：在新婚之夜裡，新娘穿著古裝坐在喜床上，床頭上也正擺著那盞古燈。周文舉喝得迷迷糊糊，正想揭開新娘蓋頭的時候

新娘：（羞怯）周郎，先將古燈點上！

文舉：我試過了，這盞燈點不亮！

旁白：此時，周文舉搖搖晃晃地點起火柴^{（神秘詭譎）}，古燈竟亮了起來。周文舉很是高興，轉身揭開新娘的紅蓋頭，不禁愣住了，原來眼前的新娘不是楊柳，而是那個住在燈裡的古裝女子

文舉：（驚恐）怎麼會是妳？楊柳她人？

燈仙：周郎，奴家等了你五百年，終於得償宿願，成為你的娘子。

無奈，你我並非同類，不能相伴到老。但此生，能與周郎你結為

夫婦，奴家已經死而無憾了……

△仙女消失音效

旁白：話還沒說完，女子突然變成一隻飛蛾，撲向了那盞古燈，

轉眼之間消失不見，在同一時間，古燈也滅了

幕次 7. 外景　街道　白天

△車潮聲

楊柳：親愛的，住院的時候，我做了一個夢，挺適合寫成電影劇

本的！

文舉：真的喔，哪說來聽聽

楊柳：^{（悲傷）}那是一個關於燈仙的故事……五百年前，有一隻飛蛾，

愛上了一個不得志的秀才。秀才每天晚上挑燈夜讀，卻考不取功

名，鬱鬱寡歡，最後，飛蛾撲火殉情。之後，飛蛾長年在燈內哭

泣，竟修煉成仙，每晚子時就會變成人形

古燈裡的女子

楊柳：親愛的，這劇情你覺得如何？妳怎麼都不出聲，你說說看嗎，到底好不好……

＝＝＝＝＝＝＝＝＝＝＝本集劇終＝＝＝＝＝＝＝＝＝＝＝

190

古燈裡的女子

甜蜜的詭計

劇情大綱／

　　林本和張娜美有著一段不幸福的六年婚姻，林本一直想要和妻子離婚，卻礙於過高的贍養費只好作罷。在遇到新的戀情之後，林本想要結束婚姻的心已經迫不可耐，在這樣的心理狀態下，他竟設計一個假蜜月真殺人的計策，打算將張娜美殺害，然而沒想到的是，在旅途中更出現了一個陽光少年李迦南，和張娜美有各種曖昧舉動，林本因此設計了一個殉情故事，打算瞞天過海，將他們送上黃泉路。

故事角色介紹／

角色	年齡	個性
林本（男）	33	老實、脾氣好、內心陰暗
張娜美（女）	30	開朗、健談、交際花
李迦南（男）	24	陽光、表裡不一、城府深
唐敏（女）	24	癡情、乖巧、怯弱、文靜

音樂備註／

一、　懸疑 suspense

二、　緊張刺激 tension

三、　單音低沈 drones

四、　氛圍 atmosphere

五、　夢幻 fantasy

六、　加諸情緒 emotional

七、　悲傷 sad

八、　神秘詭譎 quirky

幕次 1. 外景　沖繩那霸機場　白天

△飛機降落聲

△飛機場環境音

△林本和張娜美從飛機上走下來 ^{（氛圍）}

娜美：（吸吐）哇！沖繩的空氣就是不一樣！林本，我們只安排三天兩夜的行程真的太可惜了，你說是不是啊？

林本：（乾笑）呵，還好吧娜美，只是周遭的人說的語言不一樣而已

娜美：（歡快白目）欸欸，林本，這次可是你說要帶我來的耶，你幹嘛一臉心不甘情不願的樣子啊

△手機拍照聲

林本：（尷尬）……親愛的老婆，我怎麼會啊，只是剛下飛機還不太適應，你別亂想了。（停頓）娜美？唉呀，娜美！別拍照了，趕快進接駁車吧

△接駁車門關

旁白：正值盛夏的沖繩艷陽高照^{（氛圍）}，從機場出來的乘客都非常的興奮，其中當然也包括張娜美。但林本可就不一樣了，雖然他刻意安排這一趟蜜月旅行，但他其實另有目的

甜蜜的詭計

幕次 2. 外景　沖繩那霸機場　白天

△機場環境音、廣播聲

△手機訊息聲

△林本拿出手機回消息

林本：（自言自語）（抱怨）唉，真是的，居然花了一個多鐘頭才到沖繩，肯定漏掉很多訊息，我得趕快看看才行

娜美：喲，林本，才剛下飛機就收到訊息，是誰傳給你的啊？給我看看（伸手拿）

林本：（略慌張）哪還會有誰，就是公司傳來的簡訊！

娜美：（不屑）哼，林本，別想騙人了，你和那些不三不四的人勾搭，還以為我都不知道啊

林本：（敢怒不敢言）你⋯⋯你不要亂說好不好！

娜美：其實我早和你說過離婚的事，是你不願意，一直為難你自己，這一下來就是六年，唉～我還真是佩服你

林本：（略惱怒）娜美你還敢說！你開的那個離婚賠償的數字，可不是隨便開玩笑的

娜美：（尖酸）唉唷林本，你一個做部門主管的，這一點錢你都拿不出來，我才不信呢

林本：（忍著氣）好好好，都是我的問題，可以了吧

娜美：當然是你的問題囉，難道還是我的錯呀。林本，你看看行李出來了沒，我要去洗手間補妝一下 ^{（加諸情緒）}

林本：（OS）（憤恨歹毒）哼，你這可惡的女人，既然跟我來了沖

繩，你就別想再有機會回去了

旁白：林本和張娜美的六年婚姻，在各種不滿和衝突下，早已磨光了對彼此的感情。張娜美的開朗健談，曾經是讓林本最喜歡的優點，如今在他眼裡，張娜美就是個遊手好閒、不懂的體貼人的自私鬼。再加上林本喜歡上了公司裡的一個女孩，一直離婚不成的他，最後竟然決定以蜜月的名義，為張娜美設計一個有去無回的旅行

幕次 3. 外景　單軌列車　白天
△出機場上單軌列車

娜美：（歡快）哇～這那霸的單軌列車還挺方便的，可以直達我們的飯店耶

林本：（敷衍）嗯，是啊

娜美：林本，不是我愛說你，你從到了沖繩就一副心不在焉的樣子，是不是在想那個女的？　（緊張刺激）

林本：（生氣）娜美你說什麼呀！哪有什麼女的，我是在想等下要在哪站下車

娜美：不就搭到縣廳前站嗎？先去飯店放行李，然後就能去海邊看風景，我看網路上的遊記，那片海真的美到不行了

林本：（OS）（策畫揣摩）海？　（懸疑）

對了，我可以找一艘小船出海，（狠毒）然後就來個神不知鬼不覺地把她淹死

甜蜜的詭計

林本：（故作關心）對啦，娜美，說到海，你會不會游泳啊，別到時候不敢下海玩水

娜美：林本你說什麼廢話啊，我高中可是游泳校隊的，前年我們去關島的時候，你不是有看到我游泳嘛！

林本：（尷尬笑）哦哦，對哦……說的也是

旁白：雖然林本嘴上附和著張娜美^{（神秘詭譎）}，心裡卻在預想著千萬種謀殺她的方法，他內心的殺意正如同窗外的烈焰陽光，猛烈地波動著

幕次 4. 內景　飯店房間　白天

△兩人進入房間

娜美：（興奮驚喜）哇！好大的一面落地窗哇，還是正對著海呢！真漂亮

林本：嗯，從十樓看出去，景色是挺不錯的

△娜美開行李箱

娜美：（猶豫）嗯……林本，你說我晚餐的時候穿哪套禮服比較合適啊？

林本：娜美，你以前出國不是都穿牛仔褲和襯衫嗎，這次怎麼帶了這麼多套禮服？

娜美：你們男人懂什麼呀，女人過了三十歲，哪還能穿得跟二十

歲的女孩一樣，當然要對服裝講究一些，才能凸顯我們輕熟女的魅力啊

林本：（敷衍）這樣啊，好吧娜美，你高興就好，我沒意見

△林本在房間裡四處走走

娜美：對啦，你把窗戶打開吧，讓空氣流通一點

林本：（推開窗戶）（OS）欸？^{（懸疑）}這個窗戶下面...居然長這個樣子？

旁白：林本把窗戶打開的同時，剛好往下一看，發現窗框底下是塊水泥地，高度大約有三十米

林本：（OS）這個高度……人要是頭朝下摔下去，頭蓋骨應該會摔碎吧……，而且這裡這麼黑，完全是個廢棄的死角，這樣子的話……

娜美：林本，你在看什麼呢！^{（神秘詭譎）}

林本：（恍然）啊！怎麼了，娜美？

娜美：時間也差不多了，林本，我們下樓去吃飯吧

幕次 5.內景　餐廳　黃昏
△餐廳環境音

路人甲：欸欸，你看那邊那個女的

路人乙：（疑惑）哪裡啊？……哇！我看到了！她竟然穿著晚禮服

甜蜜的詭計

耶

路人甲：何止晚禮服，還是大開背的款式耶！

路人乙：（傻眼）呃呃，來這裡吃飯的都是穿短袖短褲，她還真是敢穿...

服務生：（親切）小姐，這是您的餐點，請慢用

△兩人用餐^{（氛圍）}

娜美：（竊喜）我剛剛好像聽到有人在談論我，欸，林本，你說我穿這件衣服漂亮嗎？

林本：（敷衍）嗯，漂亮漂亮

△娜美放下餐具

娜美：（正經）林本，我在想，我們就藉著這次旅遊的機會，「重新開始」吧^{（懸疑）}

林本：（楞）你⋯⋯你說什麼？

娜美：我的意思就是，這幾天你主動對我示好，我能感受到你的誠意，只要你能悔過，我們就好好從頭再來

林本：（冷笑）呵⋯⋯只要能悔過？張娜美⋯⋯以前我對你不好嗎？

娜美：（白目）哈，也沒有不好啦⋯⋯但只要你願意認錯，我也就沒什麼抱怨的啦。對啦林本，你等一下陪我一起去逛街，好嗎？

林本：娜美，我有點累就不去了，你就自己去逛吧

娜美：（活力十足）好吧，那我就自己去囉！

幕次 6.內景　飯店房間　黃昏

△林本回到飯店房間

林本：（自言自語）（怨恨）哼，張娜美這女人，真的越來越過份了……（嘆氣）算了，還是趕快打個電話給我的唐敏吧，我來沖繩後都還沒與她聯絡，她肯定擔心死了……嘖……怎麼還不接電話啊……趕快接電話呀！

△手機播電話

林本：喂？唐敏啊，我是林本

唐敏：（小驚慌）啊，林哥，你不是和嫂子在沖繩玩嗎？

林本：（嘆氣）唐敏啊，我不是跟你說過了，我帶張娜美來沖繩，不是要跟她度假的^{（緊張刺激）}

唐敏：（害怕）林哥，你真的打算、打算把嫂子……（打斷）

林本：（堅定）對，我今天把這邊附近的環境都熟悉了一遍，我正在盤算一個最周全的方式來執行

唐敏：（顫抖）啊……林哥，你真的決定要這樣做嗎？

林本：嗯，沒錯，唐敏，為了我們將來的幸福^{（加諸情緒）}，我必須這麼做

唐敏：（委屈）林哥，其實我真的沒有關係的，我只是想和你在一起，不想要你冒這麼大的危險啊！

甜蜜的詭計

林本：（哄）唐－敏－，這件事情跟你無關，我今天和你說這件事，就是希望你能對我們的未來有信心

唐敏：那……林哥，你打算怎麼做？（懸疑）

林本：我看了地圖，發現從飯店這裡開車往北走四十五分鐘，會到一個叫石川灣的入海口。那邊的海灣盛產黑珍珠，張娜美喜歡寶石，我想，她一定會答應要去的

唐敏：（失落）黑珍珠阿，那一定很美呢

林本：這些都不是重點（緊張刺激），重點是，地圖的解說裡寫著，那一帶浪高流急！

唐敏：（驚）啊！浪高流急，林哥，你的意思是……

林本：不知道實際的水流有多急，屍體能不能馬上就沖到海裡去，如果是的話……那可就是一個殺死張娜美的好地方

唐敏：（愣愣）殺死張娜美的……好地方？林哥、你……

林本：（不顧唐敏，自言自語）不過像石川灣那種地方，遊客一定很多（神秘詭譎），在動手的時候也很容易被人發現

唐敏：（害怕）可是……林哥，你們夫妻倆同住一個飯店，如果只剩一個人回飯店的話，這樣一定會引起別人懷疑的

林本：（咋舌）那倒是，這還真是不好辦……。嗯，我得認真考慮一下，千萬不能露出破綻！

幕次 7. 內景　飯店房間　夜晚

△張娜美回房間

娜美：（打酒嗝）呃……呃……（倒在床上）

林本：（責備）娜美，都凌晨一點了你才回來，還醉成這樣！

娜美：（酒醉）呃……真是痛快……太痛快了！

林本：痛快什麼？

娜美：我晚上逛完了禮品店^{（氛圍）}，遇見一群年輕人，也是住在這個飯店裡的客人，嘿！對了！吃晚飯的時候附近不是有一群年輕人嗎？就是那些人

林本：哦，然後呢？

娜美：我們後來越聊越投機，就跑去夜店，後來又去了酒吧，一直喝到現在，呃……林本，你要是也一起去就好了，真是太嗨了！

林本：（有點生氣）娜美，要是我在的話，我就不會讓你醉成現在這個樣子了！

娜美：（含糊）嗚……水……我要喝水！我要喝水……

林本：娜美，你說什麼？

娜美：（滿嘴酒氣）請幫我……倒一杯水！

林本：（深吸氣）（強壓胸中的怒火）你真是……（起身倒水）拿去

娜美：（笑）謝謝啦！林本，你今天怎麼看起來有點不高興啊？^{（緊張刺激）}

林本：我哪有什麼好不高興的

娜美：（挑釁）我和年輕小夥子一起去喝酒，你是不是生氣啦？

林本：（惱羞）張娜美！我不是說了嗎！我－沒－生－氣！

娜美：（笑）你還是生氣啦。不過你放心吧，一起喝酒的也有年輕的女孩子啦。

林本：（無奈）唉，我說過我沒生氣。我只是想說明天我們要坐車環島一周，你今天喝成這樣，還怎麼去啊！

旁白：這一晚 ^{（神秘詭譎）}，張娜美滿身酒氣的睡倒在林本身邊，林本心中對妻子的厭惡可以說是越來越深，更下定了要除掉張娜美的決心

幕次 8. 內景　餐廳　白天
△餐廳環境音

娜美：林本？你怎麼啦，一大早好像一臉沒睡飽的樣子？ ^{（單音低沈）}

林本：（心虛）我睡得很飽，倒是娜美，你今天精神還好嗎？

娜美：（自信）呵，你看我像精神不好的樣子嗎？對了，你昨天說今天去環島，是要去哪些地方呀？

△一群年輕人走來，一邊嘻笑

林本：哦，等下我們先去租車，然後從飯店出發，一路往石川灣開過去……（被打斷）

娜美：（認出熟人）啊啊！早安阿～～小李，還有謝妹妹～

謝妹：啊～張姊早阿！

迦南：張姊，早啊！

娜美：哇～李迦南你這小子^{（氛圍）}，昨天醉得像爛泥一樣倒在路邊，後來怎麼了啊？

迦南：（不好意思）哎呀，我⋯⋯（打斷）

謝妹：張姊，後來我們幾個把他抬回去飯店啦！

娜美：哈哈，是嗎？迦南，活著回去了，真是萬幸啊！

謝妹：說起來啊，張姊，你還真是能喝！真的很厲害！

娜美：唉唷，昨天那個算什麼，以前我在夜店跟朋友玩，那都是兩手啤酒起跳啊，現在三十幾，酒量變差啦，不過對付你們，那還是綽綽有餘的啦

謝妹：張姊不愧就是張姊呀，真的太厲害了，對啦，我記得我們都是後天才回去的吧？這樣明天晚上有空的話，可以再約出來一起玩啊

迦南：對對，昨天你先生沒來，之後要記得約他，大家一起玩，喝個盡興！

娜美：好好，那我們到時候再約個時間，我今天去環島了哈，再連絡啦！

旁白：林本坐在桌子邊^{（氛圍）}，冷眼的看著張娜美和那一群人聊得前仰後翻，等了十幾分鐘，才和那些年輕人鬧完，然後瘋瘋顛顛地走回林本的身邊

林本：（譏諷）娜美，你聊得還真高興啊

娜美：（渾然不覺）那當然，和年輕人聊天來勁啊！唉，林本，你畢竟已經不像他們那麼年輕了嘛

甜蜜的詭計

林本：呵……沒關係，你開心就好 ^{（神秘詭譎）}

旁白：聽到張娜美對待自己的態度和話語，林本一方面感到惱火，一方面卻又覺得一切都已經無所謂。帶著這種莫名其妙的感覺吃完了早餐，林本便租了一輛車，準備前往計畫中的石川灣

幕次 9. 外景　石川灣　白天

△商店街環境 ^{（氛圍）}

娜美：（心動）嗯……這邊的東西好漂亮哦……這個貝殼項鍊，好多手工藝品哦

林本：還看啊？娜美，在機場你不是已經買很多了嗎？

娜美：（嘟嘴）這哪能一樣呢，機場的都太制式了，這裡的更有當地的特色啊！

林本：娜美，其實在石川灣這邊，有一種很出名特產

娜美：什麼特產啊？

林本：來，你來這邊。（走到攤位）你看，就是這個，黑珍珠

娜美：（心動）哇！真的是黑珍珠，好漂亮哦！

林本：喜歡嗎，娜美？

娜美：喜歡當然是喜歡啦……（矯情）唉唷，還是算了，這一定很貴的

林本：沒事的，娜美，這才六萬日幣，喜歡我就買給你啊！

娜美：哈……林本，你真好

204

旁白：林本慷慨地買下了昂貴的黑珍珠^{（神秘詭譎）}，張娜美開心得合不攏嘴，從外表怎麼看都像是一對濃情密意的情侶。萬萬沒想到，這只是林本掩蓋謀殺計畫的手段

△海邊環境音
△微微人群聲

娜美：哇！好漂亮哇！這沙灘的沙子是白色的耶，看起來閃閃發亮的！而且海水也好清澈，在裡面游泳一定很舒服！

林本：娜美你要下水嗎？我這就去車子裡拿泳衣

娜美：不了不了，林本，你沒看到這裡的牌子還寫著「浪高流急，禁止游泳」嗎？^{（神秘詭譎）}

林本：那有什麼關係，你看那邊，還不是有幾個年輕人在游泳，娜美，你不是喜歡和年輕人做一樣的事嘛

娜美：真的算了，我昨天大概是喝多了，有點頭痛，不然你自己去游吧！我可以在這裡等你

林本：算啦，你要是不游的話，我也不游了

林本：（OS）我一個游泳？^{（懸疑）}開什麼玩笑，要是被大浪捲走的話，還殺什麼張娜美呢

娜美：噢，對啦，這裡風景這麼美，林本，你來幫我拍張照！^{（懸疑）}

旁白：這時林本二話不說地拿出了相機，替張娜美拍了五六張照

甜蜜的詭計

片，林本心想，為了除掉張娜美，肯定要先營造他們夫妻恩愛的形象。就在這時候，有一位穿著游泳褲的小夥子，向他們走了過來

迦南：（陽光）嗨！張姊！又遇到你了！

娜美：（驚訝）喲！李－迦－南？你怎麼會在這裡？

林本：（尷尬）呃……你是？

娜美：他是小李啊，早上見過面的 ^{（懸疑）}

迦南：你好，我是李迦南，昨天我和朋友們跟張姊認識，聊得很開心。你是張姊的先生吧？

林本：（愣）呃……對，你好，我是林本

迦南：來，我來幫你們拍照吧！ ^{（懸疑）}

林本：（恍然）啊，對，來，麻煩你啊

旁白：正當李迦南幫他們拍照的同時，他突然提出要去游泳，張娜美便跑去換上了泳衣。李迦南和林本聊了幾句之後，便和穿著比基尼的張娜美一起向海邊跑去

△撥電話

林本：（沮喪）喂？唐敏啊

唐敏：林哥？怎麼啦？你現在在哪裡呀？

林本：坐在沙灘的椅子上，唐敏，你猜張娜美現在在幹什麼

唐敏：嫂子……在做日光浴嗎？

林本：呵，她要是在做日光浴就好了

唐敏：林哥，你這是什麼意思呀？^{（緊張刺激）}

林本：（冷笑）剛剛來了個小夥子，看起來二十幾歲的樣子，昨晚跟張娜美還有一群人喝酒喝到半夜一點多，現在呢，他們兩個人在海裡打水仗呢

唐敏：（尷尬）呃……這……

林本：（仇恨）那個小夥子，叫什麼李迦南的，還嘻皮笑臉地跟我說”您太太真漂亮！”，我在想，如果是在幾年前的話，我肯定會吃醋。可是現在，我滿腦子都想著怎麼把他們兩個一起除掉

唐敏：（慌）林哥，你要冷靜，千萬不要做傻事啊！

林本：唐敏，你放心，我沒有那麼衝動的，好了不說了，他們要回來了^{（氛圍）}

△掛電話

旁白：就在掛電話的那刻，林本靈光乍現，想到了一個如何瞞天過海的方法

林本：（OS、靈光乍現）對啦！我就當作是張娜美來沖繩之後，跟那個李迦南墜入愛河，又因為自己是個有夫之婦，最後就在百般糾結中選擇（思索）……殉情自殺。對！就是殉情自殺，我把他們除掉之後，只要努力去扮演一個失去妻子的丈夫就行了，嗯……就這麼辦！

△林本站起來帶上相機奔向海邊

甜蜜的詭計

林本：（跑）娜美！迦南！（停下來）我這邊有立可拍，我給你們兩個拍張合照吧

娜美：林本，你幹嘛？你怎麼突然要幫我們拍照啊？^{（懸疑）}

林本：娜美，你不是正想找機會，跟年輕的帥哥一起合照嗎？

娜美：（笑了）也對，那我就不客氣囉！來，迦南，抱一個！

迦南：（有點不好意思）嘿嘿……

林本：來喔，一、二、三！再來一張，一、二、三！不錯不錯

△喀擦聲

△照片洗出來

林本：（大方）來，這張給迦南，給你當作紀念吧

迦南：（高興不安）不不，林哥，這我怎麼好意思收呢！

娜美：（歡欣）唉呀，迦南，你就拿著吧！

林本：（OS）哼^{（懸疑）}，這就是你們兩個偷情亂搞的證據，一張我好好收著，一張……就送你們當作陪葬品吧，哈哈哈哈哈……

幕次 10. 內景　飯店房間　白天

△兩人回到房間

△放下早上買的紀念品紙袋

△林本坐到床上

林本：（感嘆）嗯，李迦南這小夥子……真是不錯

娜美：（不明白）啊？林本，你在說什麼啊？^{（懸疑）}

林本：我是說在石川灣遇到的那個年輕人，是叫……李迦南……是吧？

娜美：噢～你是說那個男孩呀！

林本：嗯，那個小夥子挺不錯的，外表很陽光，人又挺大方的！

娜美：是嗎？我倒覺得他有點厚臉皮，其實他們那些人當中還有更好的小夥子呢

林本：是喔，其他的我是不認識，不過那個李迦南給我的印象挺不錯的

娜美：啊？林本，你難道不吃醋啊？

林本：（裝傻）我？我要吃什麼醋？

娜美：我和李迦南下午在海邊那麼親熱……

林本：（笑）這有什麼啊？娜美，我倒覺得你和小夥子親熱親熱，還可以返老還童，青春永駐

娜美：（白眼）哼！^{（懸疑）}你說這什麼話呀？

林本：呵，娜美，我說的有什麼不對嗎？

娜美：林本，照你這樣說的話，那為什麼今天早上我和他們多說了幾句話，你就那麼不高興？

林本：因為那是我們兩個人一起吃飯的時間呀！我不喜歡有人打擾。（轉移話題）對了，那個……那個李迦南還會在沖繩待幾天啊？

娜美：我如果沒有記錯，他好像和我們一樣，是後天早上回去^{（氛圍）}

林本：哦？這麼巧啊

甜蜜的詭計

娜美：唉呀，我不跟你說了，我想再去外面走一走，晚點回來啊

林本：哦哦，那你不要太晚回來

△娜美離開房間

林本：（自言自語）很好，看來一切都在計畫中了。對了，趁張娜美不在，趕快打個電話跟唐敏商量一下對策

△林本撥電話

林本：喂？唐敏，是我，林本

唐敏：林哥，你現在還好嗎？

林本：嗯，唐敏，我決定明天就動手 ^{（單音低沈）}

唐敏：（顫抖）這麼快？林哥，那你打算怎麼做？

林本：我打算明天晚上約李迦南來我們房間，把他和張娜美一起毒死，之後我再將現場布置成是兩個人一起服毒，殉情自殺的樣子

唐敏：林哥，你打算將他們兩個一起毒死？

林本：嗯，我等下就去買農藥回來

唐敏：啊？你要買農藥！^{（單音低沈）}

林本：沒錯，唐敏，我都調查過了，如果是用其他化學藥劑的話很可能會被調查來歷，但如果是農藥，在沖繩這裡可以說是唾手可得

唐敏：可是林哥，他們兩個怎麼可能自願喝下農藥呢？

林本：唐敏啊，我當然不可能那樣做。我打算同時買一瓶葡萄酒，再把農藥加進去酒裡面，到時候騙他們喝掉，這樣就大功告成了
（神秘詭譎）

旁白：掛了電話後，林本便出門把所有需要的材料買了回來，在房間製作好毒紅酒放在桌上，再把張娜美和李迦南在石川灣親熱擁抱的合照，放到張娜美的行李箱裡面

△林本整理行李箱

林本：（冷笑）等他們死了之後，警察過來調查，就會看到行李箱裡這張照片，肯定就會推測他們兩個是殉情自殺的，哼哼……

△敲門聲
△娜美回房間

娜美：（微醺、興奮）呼，林本，我回來了！
林本：娜美，你怎麼又喝醉了？
娜美：呵，我又和迦南一起喝酒了
林本：（嗤笑）呵，那很好哇！
娜美：（懷疑險惡）哦？^{（緊張刺激）}林本，你不生氣嗎？
林本：我幹嘛生氣啊？
娜美：那你不吃醋啊？
林本：我怎麼會吃醋啊，看著你開心，我也就很開心，娜美
娜美：（生氣）喂！林－本－

甜蜜的詭計

林本：（心虛）呢，娜美，怎麼突然不高興了？

娜美：（兇惡）林本，你是不是在想假如我和李迦南好上了，你和我離婚就可以不用付贍養費了？^{（緊張刺激）}

林本：（略慌）娜美你別胡說，我怎麼可能那麼想呢？

娜美：呵呵，林本，如果你那麼想，你的如意算盤就打－錯－了－！

△娜美發現桌上的酒

娜美：嗯？這紅酒是哪裡來的呀？

林本：（陰險）喔，我就是想說，既然後天就要回去了，我想約迦南在明天晚上的時候，大家一起聚一聚

娜美：呵，林本，想不到你這麼貼心阿，好哇，那就到時候大家一起喝一杯吧！

幕次 11. 外景　沖繩東部　白天

△汽車發動聲

△林本開車

娜美：（打哈欠）啊～怎麼吃完早餐就有點睏了

林本：娜美，誰叫你連續兩天都喝這麼醉才回房間休息

娜美：難得來沖繩一趟，當然要盡情地玩一玩呀

林本：娜美，最後一天待在沖繩了，還有打算去哪裡玩嗎？

娜美：哪裡呀……我也不知……（看到路邊的李迦南）欸！那個不是李迦南嗎？

林本：對啊，他怎麼站在路邊呀？在等人嗎？

△娜美把車窗搖下來

娜美：（對遠處喊）迦南？迦南？李－迦－南！

迦南：（左右看才看到）喔喔，娜美啊！（往車走來）我還想說是誰在叫我呢！（看到林本），欸！是林大哥。早安啊！

林本：（心虛）早安……

娜美：迦南，你幹嘛站在路邊呀？沒和你的朋友一起出去玩嗎？

迦南：（苦惱）唉呀，我昨天喝多了，今天太晚起床，起來之後才發現大家都已經出去玩了

林本：呃，迦南，那今天你打算怎麼辦啊？

迦南：唉，我沒錢租車，正在這裡想辦法呢

娜美：唉唷，迦南，不然你就搭我們的車吧，我們今天也是打算隨便晃晃，你覺得如何呀？

迦南：娜美，這樣……不太好意思吧！

林本：唉唷沒關係，路上多個朋友一起玩也蠻不錯的

迦南：哈，好吧，那我就打擾兩位囉^{（氛圍）}

△迦南坐到後座

林本：迦南，你有沒有什麼想去的地方，我們還沒有決定好目的

地呢

迦南：林大哥，這個我倒是有，聽說有個蠻不錯的私人景點，只要穿過那霸機場一直開下去就到了

林本：（疑惑）私人景點？好像蠻不錯的。好，那我就往那邊開過去

幕次 12. 外景　沖繩東部　白天
△林本一邊開車

林本：對了，迦南，你也是明天離開沖繩嗎？

迦南：（笑）是啊，林大哥，我本來還想多待幾天，可是大家都沒錢了，哈哈

林本：我們也是明天離開，我覺得我們真的很有緣份。昨天我買了瓶紅酒^{（氛圍）}，今天晚上和我們一起喝一杯，怎麼樣？

迦南：（猶豫）呃，可是我……

娜美：（笑）唉呀迦南，你就來吧！林本說的沒錯，我們那麼有緣！

林本：（OS）哼，張娜美，你現在盡情的笑吧，等今晚你們喝下毒酒，一切就都結束了

幕次 13. 外景　沖繩東部　白天
△林本一邊開車

娜美：欸！林本、迦南你們看，這邊的景色真美，右邊是海岸，左邊的陸地是一大片的鳳梨樹。

迦南：這麼美的景色，要是在城市附近的話，那片沙灘肯定都是滿滿的遊客

林本：對啊，但是這裡這麼漂亮，竟然連個人影都沒有，太奇怪了

迦南：呵，所以才說這裡是私人景點呀！

娜美：（驚奇）啊！停停停，林本！快停下來！

林本：娜美，怎麼啦？

旁白：林本沿著山路轉了一個大彎^{（氛圍）}，沒想到在前方十多米的地方，居然盛開著一大片紅色的木棉花，豎立在路的一邊，就像立起了一道木棉花牆

幕次 14. 外景　沖繩東部　白天
△林本把車停下來

迦南：哇！從來沒看過這麼一大片的木棉花樹，一整片開在一起還真是壯觀

娜美：你們兩個等我一下，我想下車瞧瞧

△娜美下車動手摘花

林本：欸欸，娜美，你在幹什麼呀？

甜蜜的詭計

娜美：我想摘一些木棉花

林本：這個能摘嗎？

迦南：應該沒事吧，好像是野生的

△娜美捧了一大堆丟進車裡

林本：哇！你摘這麼多幹什麼呀？

娜美：（笑）用木棉花來裝扮車子呀！你不覺得坐在彌漫著花香的車上非常享受嗎？

林本：呃，娜美你這麼說也有道理

迦南：林大哥，這私人景點我路也比較熟，不然剛好趁這機會換我開車吧，你好好休息一下

林本：啊，好吧，那就麻煩你了，迦南

△三人上路

娜美：（轉過頭來）置身花海的感覺怎麼樣啊？林本？

林本：呃……感覺有點怪怪的……

娜美：怪怪的？怎麼怪啦？

林本：就是沿路開過來的時候，心裡也有種怪怪的感覺……

迦南：怎麼會呀，林大哥，你現在坐在花堆裡面，不是應該很舒服嗎？

林本：對啊，理當來說是這樣，可是總覺得有一種……不祥的預感 ^(懸疑)

旁白：單調的景色持續了一個多鐘頭，愈開到後面愈是人煙罕至，到處都是鐵樹原生林，有時候還可以看見一兩匹水牛的身影，這時林本心中閃出了一個念頭 ^{（緊張刺激）}

林本：（陰險）（OS）這裡到處都是樹林……看起來還挺偏僻的，或許我可以在這裡就把他們兩個解決掉，呵呵呵……

林本：（故作沒事）唉，這裡的景色還真是單調啊，看久了也挺無聊的

娜美：欸，林本，這些可都是平常絕對看不到的大自然美景耶

林本：（陰險）差不多也看夠了吧，迦南，我看我們可以找個地方停下來，下車休息一下，怎麼樣？

迦南：林大哥，再往前開一點，就是我說的那個神祕的私人景點 （神秘詭譎）

林本：（OS）呵呵……神秘的私人景點？好啊，我就在那裡把你們倆做掉！

△林本翻閱地圖

林本：（故作疑惑）呃……迦南你說的這個私人景點，是地圖上寫的「玉崎岩瞭望臺」嗎？

迦南：呵，不是的

林本：嗯……還是再往前一點的舟越？這裡寫說那邊是沖繩本島最細的地方

迦南：（敷衍）哈，也不是，這個神秘景點在地圖上是找不到的

林本：（OS）這個李迦南……到底在搞什麼鬼？（恍然）啊！難

甜蜜的詭計

道……

迦南：（狡詐）林大哥，你先別著急，馬上就到了

林本：（慌張）迦南，你到底要去哪裡啊？怎麼還開到石子路來了？

（慌張）你、你、你停……停車！ ^{（氛圍）}

旁白：李迦南的強硬讓林本愈來愈不安，林本大喊著停車，但就在這時，李迦南突然把方向盤向右一打，車子衝到了懸崖邊停了下來

幕次 15. 外景　沖繩東部　白天
△三人下車

迦南：林哥，神秘的私人景點到啦，下車吧！

林本：這就是你說的有趣的地方？沒搞錯吧？這裡到處跟人一樣高的雜草，連條路都沒有，（生氣）迦南，這算什麼私人景點啊？（看到稍遠處）欸？那裡好像有一輛……車？（走進一點）真的是一輛車，怎麼會有人把車放在這裡啊

迦南：呵，那車是我租來的 ^{（單音低沈）}

林本：（疑惑）你租的車？迦南，這到底怎麼回事？你把車停在這裡幹什麼？

迦南：哈哈哈哈！林本啊林本，這輛車當然是我和你太太回程用的啊！總不能叫我們從這裡走回去吧

△娜美竊笑

林本：啊？那...你要我自己開原本這輛車回去？

娜美：（鄙視）林本，你租的這輛車，就是你的棺材呀！^{（緊張刺激）}

林本：（震驚）你……張娜美，你說什麼？

娜美：（輕蔑）哼，林本，你真的以為我是為了和你重溫新婚旅行，才來這裡的嗎？

林本：（不敢置信）娜美，難道……難道不是嗎？

娜美：哈哈哈，林本，我和你一起來到沖繩，為的就是把你除掉！

（緊張刺激）

林本：把我除掉？那、那李迦南……（打斷）

娜美：呵，我和李迦南也不是在這裡才認識的，我們一年前就已經在一起了^{（懸疑）}

林本：啊？你……你們如果殺了我，張娜美，你想要的那筆贍養費，也休想得到！

娜美：（得意）哈哈哈，林本，那是不可能的，在你決定這次旅行之後，我就已經幫你買了一億日幣的意外保險^{（懸疑）}

林本：（憤怒）張娜美……你這個卑鄙的女人！

娜美：（自以為是）我之所以在半路上摘木棉花，就是要讓這車成為舒服一點的棺材，算是我對你的一點惜別之情，畢竟...我們還是做了五年的夫妻嘛，哈哈哈哈哈

林本：（氣急敗壞）你、你太無恥了……我要殺了妳……啊！！（衝向娜美）

甜蜜的詭計

△李迦南敲暈林本

林本：（被敲暈）啊……！（倒地）

迦南：哈哈，林本也太好解決了吧，一棒就敲昏了

娜美：（狠毒）哼，剛才還一副凶狠的樣子呢，真是有趣！

迦南：（呼一口氣）娜美，我們趕快把他處理吧！^{（神秘詭譎）}

旁白：李迦南把昏過去的林本拖進了駕駛座，擺成正在開車的姿勢，便啟動了汽車向崖邊開去。李迦南和張娜美站在懸崖上，靜靜的看著林本消失的海面

娜美：迦南，趁天黑之前我們趕快離開吧

迦南：娜美，再等一下

娜美：迦南，怎麼了？

迦南：我得看一下時間

娜美：時間？

迦南：嗯，萬一林本要是醒過來就不好了。他要是醒過來，肯定會浮出水面，所以我們在這裡看看有沒有他的人影

幕次 16. 外景　沖繩東部懸崖邊　白天

△李迦南看手錶

迦南：嗯，五分鐘到了，林本應該是死了

娜美：親愛的迦南，那我們趕快回飯店吧！

迦南：OK！上車吧，娜美^{（氛圍）}

△兩人上車，準備上路

娜美：呼！迦南，我們趕快離開這個鬼地方，回去好好慶祝一下！

迦南：慶祝一下？

娜美：對啊！那個愚蠢的林本，還為我們在飯店準備好了上等的紅酒呢！

迦南：哈哈，太好了娜美，那我們就回去一起喝個過癮吧！　（緊張
刺激）

＝＝＝＝＝＝＝＝＝本集劇終＝＝＝＝＝＝＝＝＝

國家圖書館出版品預行編目資料

劇本／聲效的實務與技巧/徐進輝著. -- 初
版. -- 臺北市：五南, 2019.11
　　面；　公分
　　ISBN 978-957-763-688-1（平裝）

1.廣播劇本　2.音效

854.7　　　　　　　　　　108015959

4Z13

劇本／聲效的實務與技巧

作　　　者 ― 徐進輝（181.6）

發 行 人 ― 楊榮川

總 經 理 ― 楊士清

總 編 輯 ― 楊秀麗

副總編輯 ― 陳念祖

責任編輯 ― 李敏華

封面設計 ― 王麗娟

出 版 者 ― 五南圖書出版股份有限公司

地　　　址：106台北市大安區和平東路二段339號4樓

電　　　話：(02)2705-5066　　傳　　　真：(02)2706-6100

網　　　址：http://www.wunan.com.tw

電子郵件：wunan@wunan.com.tw

劃撥帳號：01068953

戶　　　名：五南圖書出版股份有限公司

法律顧問　林勝安律師事務所　林勝安律師

出版日期　2019年11月初版一刷

定　　　價　新臺幣300元

1081/14 $300 ☯